獻給死者的音樂

死者のための音楽

山白朝子　王華懋 譯

Yamashiro Asako

目錄

出版緣起

恐怖（Horror）是絕佳的娛樂

獨步文化編輯部

人類爲什麼愛讀恐怖小說，愛看恐怖電影？

一手打造二十世紀之後最廣爲人知的恐怖小說世界觀「克蘇魯神話」的美國作家H. P.洛克來夫特曾經說過，「人類最古老而強烈的情緒，是恐懼；最古老而強烈的恐懼，是對未知的恐懼。」可是在畏懼的同時，我們卻又忍不住要去揣摩想像，那未知的彼端究竟有些什麼在蠢蠢欲動著。也因此，人類自古以來，就不停地講述恐怖、描寫恐怖、觀看恐怖，乃至於享受恐怖。就像「百物語」這個耳熟能詳的遊戲，明知講完一百個鬼故事，吹熄一百根蠟燭後，可能就會有某種未知的存在到訪，但人們仍然熱中於此，樂此不疲。這種害怕並期待著；恐懼並享受著的複雜情緒，不正是恐怖永遠是絕佳的娛樂的證明嗎？

許多作家長年以來持續地描寫這股「古老而強烈」並且十分複雜的情緒，成爲了歷久不衰的文學類型，當然在日本也不例外。從歷史悠久的江戶時代怪談，到現在的小說到漫畫，從電影到電玩，各種恐怖（Horror）相關產品不停出現，持續演化，成爲日本大眾文化重要的組成元素，和推理小說並列爲日本大眾文學的台柱。許多台灣讀者熟悉的作家，如：京極夏彥、宮部美幸、小野不由美等等，也都發表過許多精采絕倫、引人入勝、的恐怖小說。藉由他們的努力，恐怖小說也不斷地進化、蛻變，展現出各種不同的風貌。

將好看的小說介紹給台灣的讀者，一直都是獨步文化最重要的經營方針。早在創社之初，獨步便已經有了經營日本恐怖小說的計畫。和推理小說同樣有著長遠歷史以及多元發展的日本恐怖小說，所帶來的樂趣完全不遜於推理小說。在數年的努力之下，多采多姿的日本推理小說在台灣已經獲得了許多讀者的喜愛與肯定，我們認爲現在正是邀請台灣的讀者來體驗另外一種同樣精采迷人的閱讀樂趣的好時機。

在經過縝密的規劃後，獨步推出了全新的恐怖小說書系——「恠」。引介了最當紅的日本恐怖小說家，非讀不可的經典恐怖小說，期望帶給你一種宛如夏夜微風，輕輕拂過頸後的閱讀體驗。

總導讀

你的後面或許有人，那又怎樣呢？

曲辰

且讓我假設你現在是獨自一人坐在房間裡翻看這篇導讀，那麼，我懇求你，暫時放下這本書，閉上眼睛，傾聽你所能聽到的最細微的聲音。

想像一下，那些爬搔聲、撞擊聲、腳步聲或是隱隱的呼吸聲究竟來自哪裡。你眞的確定那些聲響來自窗外嘛？或者是你以爲是浴室的漏水聲，其實是個人正緩緩潛入你家，躡手躡腳的企圖進你的房間呢？

H. P. 洛克萊夫特說：「人類最古老又最強烈的情緒是恐懼，最古老而又最強烈的恐懼則是對未知的恐懼」，這邊的未知可不僅止於你從未去過的歪扭小鎭，畢竟你怎麼知道閉上眼睛你的房間到底還是不是原來的樣子？

於是，爲了探索你閉上眼睛後這個世界的樣貌，恐怖小說誕生了。

裸體美婦脫掉了那層皮，成爲一個骷髏

有人認爲，小說的來源起自於古老的時代人們圍坐在火堆邊講故事的形

式，想像一下那個畫面，似乎很容易理解爲什麼小時候參加營隊總會有個晚上莫名其妙輪流講起鬼故事，然後在一陣戰慄中結束彼此嚇自己的行爲。恐怖小說的起源或許就是這樣的。

在西方文類而言，恐怖小說（horror fiction）一般來說都是自哥德小說[註]（gothic novel）開始劃分，畢竟具備「不斷探索邊界」意義的哥德小說，本身就有展現未知之境的功能，進而演化出「讓人感到恐怖的虛構小說」這樣的定義。也因此我們可以說西方的恐怖小說誕生自「一個威脅性的秘密，一個古老的詛咒，以及奇妙的大宅，與纖細的女主角」這些哥德式的要素，從而構成了日後西方恐怖小說的基本條件，也就是你總是要「觸犯」某個結界似的空間，你才遭遇到恐怖。

要在此說明的是，「恐怖小說」如果我們稱之爲一種文類（literary genre），似乎是一種外來的類型文學，但就像奇幻小說（fantasy）先以外來文類的姿態進入華文世界（如《龍槍編年史》、《魔戒》等西洋文本），讀者在理解這些文本是被劃分到「奇幻」這樣的文類範疇的同時，也針對某種內在特徵相符的概念（如「超現實」、「人神共處」）繼而回溯到如《封神演義》、《西遊記》這類的中國古典小說脈絡中。但在台灣，講到「恐怖小說」，應該所有人都會聯想到如《聊齋誌異》之類的中國特有文學類型。

註：Gothic最早是指日爾曼民族中的哥德人，後逐漸變爲中古時期的形容詞，十八世紀時，理性主義與啓蒙運動影響了英國，所以文學作品多半具有強烈的現實性，這時哥德小說成爲對抗那種理性主義的存在，於是不管是不是把背景設定在中世紀，都可以看見如同夢魘一般的恐懼感，裡頭充滿了對於異世界的探討與渴望。

日本也是一樣，早在「恐怖小說」（ホラー）這個詞出現之前，屬於日本自身的恐怖形式就已經存在了。

撬開棺材，一個嬰兒正蜷縮在母親屍骨上沉沉睡去

日本恐怖小說的前行脈絡大致可分爲三種。

一是日本從室町幕府以來就有的「百物語」傳統，大家聚集在一起講鬼故事，據說講滿一百個鬼故事就會有不思議之事發生，後來更進入通俗讀本之中，並轉進歌舞伎、落語等等大眾娛樂發展；一是佛教的傳入，僧侶們爲了講述艱澀的教義，因此擷取佛經中的譬喻，結合日本原有的風土民情，創作出屬於日本在地的教喻故事（註一），特別是佛教的因果思想與日本原有的泛靈信仰（註二）合流，許多帶有靈異色彩的口傳故事開始流傳開來；最後是文人創作，如淺井了意《伽婢子》或上田秋成《雨月物語》，他們一方面承襲了佛教的因果輪迴觀點，一方面改寫中國的志怪小說，將之書面化、在地化，催生了屬於日本的恐怖書寫形式。

但眞正在二十世紀初對這樣的恐怖脈絡進行總整理的，則是一個希臘人Patrick Lafcadio Hearn，他比較爲人所知的名字是「小泉八雲」。他以一個外來者/異邦人的視角，敏銳的發現上述脈絡，於是對當時盛行的恐怖書寫

註一：這種形式在中國唐朝時期就有了，我們稱之爲「講唱」，後來更成爲宋朝時期的「說話」。

註二：一種信仰形式，並非一神或多神，而是相信凡物皆有靈，凡靈皆可成妖怪或神。

形式進行整理，結合書面與口傳文學的特色，「翻譯／改寫」成英文發表出去。而後翻回日文，進而對日本自身的恐怖小說傳統造成影響。

也就是在他的總結中，怪談有別於歐美恐怖小說的部份被凸顯出來，除了西方並未有的強烈因果信仰與「靈」的形式外，與歐美恐怖小說總是喜歡讓主角「誤觸險地」不同，日本怪談中洋溢著日常性，恐怖本來就存在我們生活周遭，並不是人去刻意闖入的，只是「剛好」碰觸到現世與他世的邊界而已。更重要的或許是，怪談中那種強調「氣氛」而非實質暴力或恐怖行爲的恐怖描寫，日後甚至透過日本恐怖電影（J-horror）反過來影響了歐美的恐怖電影，成爲日本難得「文化逆輸入」的範例。

吃完牛排打開冰箱，男友的頭擱在裡頭正瞪著我

在小泉八雲對江戶以來的怪談傳統進行總整理後，明治末期受到歐美心靈科學流行的影響，怪談又掀起一波熱潮，只是這時怪談逐漸受到理性的壓抑，於是建立了「尋找解釋」的模式，改變了怪談原本不需理由就遭遇恐怖的敘事方法；而後七〇年代流行的心靈節目、靈異照片等等，更讓怪談本身的「怪異」被理性給籠罩了。

於是雖然這段時間流行怪談，但多以鬼故事型態的「百物語」形式出

現，幾乎沒有稱得上是虛構文類的「恐怖小說」，這段期間恐怖小說得依附推理小說生存，或反過來說，推理小說成爲培植恐怖小說的土壤。

同樣是恐怖文本的恐怖電影史，曾經被人形容爲「在本質上就是二十世紀的焦慮史」，恐怖小說也是，這個文類其實準確的反映了當代人的集體恐慌。所以九〇年代初期，由於泡沫經濟與當時的社會主義大崩壞，因此那個「解決可能性」（一切社經相關問題皆有可能解決）的時代已經過去了，取而代之的則是「解決不可能性」（一切問題皆不可能解決）的時代逐漸露出。加上八〇年代史蒂芬金被翻譯進入日本，在某些閱讀族群中獲得相當強烈的歡迎與反應，日本才開始書寫「現代恐怖小說」。

日本文藝評論家高橋敏夫認爲，我們在「搭乘現代社會這個交通工具時偶然的與恐怖小說共乘」，恐怖小說中描繪的非眞實場景正巧形成了一個相對於現世的參照系統。於是日本現代恐怖小說在承襲了怪談傳統同時，也針對現代人的感性結構反映了現代社會的情況，描寫那些潛伏於日常生活的細節、在習以爲常的城市角落發生的恐怖，過去從未見過的人際疏離、科技恐慌、對宗教與心靈的質疑，在這個時候都陸續進入恐怖小說中。

而在一九九三年角川成立恐怖小說書系以及恐怖小說大賞，「恐怖小說元年」正式成爲宣傳詞，於是日本恐怖小說開始在出版市場有著一席之地。

地球上最後一個活人獨自坐在房間裡，這時響起了敲門聲

如今，二十一世紀都過了第一個十年了，日本恐怖小說的類型也益發多樣化。

怪談方面，由京極夏彥與東雅夫在《幽》雜誌上提倡的「現代怪談」運動正如火如荼，京極不僅積極賦予傳統怪談現代風味與意義，也積極的創作「在日常的都市縫隙中遇到非常的怪異」的現代怪談；木原浩勝與中山市朗則復古的學習「百物語」，到處收集鬼故事並改寫成「新耳袋」系列，兩邊可以說是從不同方向延續了怪談這種日本文類的命脈。

現代恐怖小說方面，角川的恐怖小說大賞則繼續在挖掘具有現代感性的優秀恐怖小說，（註）不僅有帶有科幻風味的貴志佑介、小林泰三、瀨名秀明，強調日式民俗感的岩井志麻子、坂東眞砂子，走獵奇風格的遠藤徹、飴村行，或是強調現代清爽日式風格的朱川湊人、恒川光太郎。創作遊走在各種類型之間的恐怖小說家也越來越多，三津田信三在推理與恐怖之間架起了高空鋼索，走在上面展現他精湛的說故事技巧；藤木稟則是將日式奇幻的華麗色彩結合西方的哥德原鄉進而開創屬於自己的風格。到這階段，日本的恐怖小說可以說是應有盡有。

註：其實這個獎本身就有很傳奇的事件，從第一屆開始，就有「單數屆的恐怖小說大賞一定會首獎從缺」的都市傳說，一直到第十三、十四屆連續從缺才打破這個紀錄。不過到了去年的第十八屆又從缺，不知道會不會之後變成偶數屆從缺。

講鬼故事有一個基本技巧，就是在聲音越壓越低的時候，要忽然拔高，喊著「那個人就在你後面」，用氣勢震駭聽眾。可是如今的恐怖小說，早就沒那麼簡單了，「你的後面有人」是前提，接下來會發生什麼事，才是重點。

就像在名為恐怖小說的森林地上長滿了真菌一般，乍看陰沉而茫濛，但當你習慣了夜色、找到對的觀看角度，才會發現他們款擺出誇張、陰濕、幽微、鮮艷、各式各樣不同的顏色與姿態，而那些東西加總起來，就是我們內心所不欲人知的那一半世界。

猜猜看，閉上眼睛後，你的世界會變成怎樣？

曲辰，現為中興大學中文系博士生（應該不需要提醒各位關於這個學校的傳說故事了），認為推理小說與恐怖小說剛好是現代文明的一體兩面，所以都要攝取以保持營養均衡。不過被恐怖電影嚇到時，會惱羞成怒的抱怨導演技巧拙劣；看到太可怕的恐怖小說會在晚上的夢中把結局扭轉，這樣才能保持身心的健康。

1／長遠旅程的開始

一

我在房中抄經，聽見雨點打在庭院草葉上的聲音。由於乾旱持續已久，我祈禱這場雨能為村子紓解旱象。一會兒後，有人敲打大門，傳來女人遲疑的喚聲：

「麻煩、麻煩您……」

女人站在屋前，全身被雨淋得濕透，抖個不停，見我應門，以空洞的神情開口說：

「請超渡這孩子……」

女人抱著一個死掉的孩子。我把女人領進堂內，讓孩子在我準備的草蓆躺下。孩子渾身泥濘，但臉被母親擦乾淨了。我誦經的期間，女人緊握著孩子冰冷的手。

「他失足掉進河裡……」

「是村子北邊的河嗎？」

「是的，就是那條河。」

我把手擱在一動也不動的孩子胸口，寒意悄悄地滲透整個手掌。孩子瘦骨嶙峋，我的掌心摸到突出的肋骨觸感。

「以前有對我認識的母子在那裡投河自殺了。那在更湍急的上游處。」

我低誦記憶中的經文。

「跟剛才的經文不一樣。」

「是投河的孩子生前誦的經。」

「是師父教那孩子的嗎？」

「那孩子沒有人教。他一出世就會誦經了。」

＊＊＊

當時我剛來寺院不久。那年因爲飢荒和傳染病，死了許多村人。整座村子被屍臭籠罩，沒有一日聽不到蒼蠅嗡嗡聲。我走在村裡，在每一戶拜訪的人家誦經，超渡死者，於是村人們總算露出寬慰的表情。

我邂逅少女，是在一個靜夜。當時我正準備就寢，有人敲打大門。我應門一看，月色下站著一名少女。說是少女，看上去年紀也介於大人與孩子之間。那張臉很陌生，我猜想她不是這個村子裡的人。

「救救我！」

「怎麼了？」

「我們遇到壞人，爹爹被殺了。」

我聽見滴滴答答的水聲。

少女的小腹插著一把小刀，在地面落下點點紅印。

我讓少女在大堂躺下，託村裡腳程快的年輕人去鎮上請大夫。大夫衝進大堂裡，用針線縫合了少女肚腹的傷口。大夫一直搶救到隔天早上，保住了少女一命。

「那孩子不是這一帶的人。她說的不是當地話，打扮也像是旅人。一定是遇上強盜了。這是常有的事。」

大夫揹起包袱，回鎮上去了。

村人到山裡找少女的父親。中午時分他們回來，說在深山遠離道路的斷崖上找到疑似少女父親的屍體。屍體的耳鼻被割下，全身被砍得支離破碎。村人沒有把屍體運回來，而是挖了個洞埋了。

「我覺得以前也發生過一樣的事。」

「什麼時候？」

「不曉得。」

「怎麼會不曉得？」

「我自己的事模模糊糊，連名字都想不起來。」

躺在被褥上的少女以明確的語調答道。寺裡有空房，我把少女安頓在那裡。可能是因爲驚嚇過度，少女完全忘了自己的名字。

「這樣叫起來不方便呢。」

幫忙照顧少女的婦人說。

「請幫我隨便取個名字吧。」

「那麼就叫妳小宮好了，可以嗎？」

我提議，少女點點頭。

「妳和父親兩個人旅行，對吧？妳們是從哪裡來的？」

小宮搖搖頭。

「可是我記得爹爹的名字。」

小宮說出父親的名字，但那似乎是遙遠地方的語言，我聽不眞切，也無法發音。

「爹爹是個了不起的人。」

小宮的眼中噙滿了淚水。

「爹爹帶我各地旅行。他總是牽著我的手，引導我該往哪兒走。爹爹一邊帶我旅行，一邊爲人們念誦有功德的經。」

「帶著孩子旅行的僧侶？這還眞稀奇。」

「爹爹不是僧侶，可是他從以前就會誦經。我喜歡爹爹誦的經，只要聽到，內心就會平靜下來。」

小宮說著，想要從被褥爬起來，卻痛得皺起了眉頭，無法起身。

「妳最好還不要亂動。妳的肚子被刀刺傷了，能活下來已經是奇跡了。」

「師父，刺傷我的小刀在哪裡？」

「我收著。」

「壞人用它刺死了我爹爹。」

「妳連自己的名字都忘了，卻還記得那時候的事嗎？」

「是的。」

小宮說起父親遇害的情況。

歹徒身形魁梧，沒有同黨，是一個人犯的案。

「妳可以畫出那個人的長相嗎？」

「可以。」

小宮閉上眼皮，淚珠沿著她白皙渾圓的臉頰滾落下來。

半個月過去，小宮能站了；一個月過去，她已能像平常那樣生活。一開始小宮睡在寺院的大堂裡，但可以獨立生活後，就搬進了村子一隅的廢屋借住。小宮是個活潑伶俐的孩子，村人都歡迎並接納了小宮。

小宮來到村裡三個月後，發現自己有了身孕。

「師父，我的肚子裡似乎有了孩子。」

小宮來到我這兒，跪坐下來，有些困惑地向我坦白。太可憐了，一定是父親遇害時，被歹徒玷污了。可是小宮似乎察覺我的想法，搖了搖頭說：

「師父，我沒有被壞人怎麼樣。」

「那麼對象是村裡的男人嗎？」

「我沒有那種對象。」

「可是妳不是說妳有身了嗎？」

「我感覺我有了孩子，可是我並沒有和任何人發生任何事。」

「妳連自己的名字和故鄉都記不得了，怎麼能確定？」

「其他事情我都還記得。」

「好吧，我介紹接生婆給妳。」

我帶小宮到村子的接生婆那裡。

將少女交給接生婆後，我回寺院裡打掃。

黃昏時分，接生婆到寺裡來了。她是個幾乎無法自由行走的老婦人，但似乎有什麼事非告訴我不可，才特地走了這麼一趟。接生婆以沙啞的聲音告訴我：

「師父，我看了那孩子的身體，她確實有身了。可是她的身子是清白的，好像還未經人事。」

二

秋季的某一天，我在院裡打掃落葉，小宮來了，我和她一起上山。我們走在一塊兒，眺望遠方景色，看見村人正在田裡幹活。他們把割下來的黃色稻穗收集成一束，用幾根稻草代替繩子捆起來。

「妳還在幫忙田裡的活嗎？」

小宮的手沾滿了泥巴。

「這樣不好，不可以。妳應該休息了。」

「我沒事的。」

「看看妳的肚子，妳連自己的腳都看不見了吧？」

小宮的衣物前方高高隆起，一走起路來，渾圓的肚子便隨著左搖右擺，看得我提心吊膽。預產期已經到了，嬰兒隨時都可能出生。

「其實我連山上都不想讓妳去的。」

「如果師父不去，我一個人也要去。」

小宮說要在生產前去給父親的墳上香，怎麼樣都勸不聽。

「小宮姊姊！小宮姊姊！」

遠處傳來孩子的叫聲。住在村裡一個叫小鈴的少女揮著手走來了。她伸手鉤住小宮的手，「我們來玩。」

「姊姊現在有事。」

「那我可以摸小宮姊姊的肚子嗎？」

小宮讓小鈴摸自己的肚子。

小宮的肚子裡確實有東西在動，但我無法像孩子們那樣歡喜。

「請師父別再煩惱那麼多了。」

和小鈴道別，繼續前進的時候，小宮這麼說。不知不覺間，我們已經走在入山的坡道上了。

「妳不怕嗎？不曉得會生出什麼樣的孩子來呀。」

「這孩子不是我死去丈夫的遺腹子嗎？」

「若不這麼說，村人會害怕啊。」

小宮說她以前有丈夫，但傷風過世了。我和接生婆套好說詞，對村人謊稱小宮的肚裡懷的是她丈夫的遺腹子。

我們在山路的途中停步了。

「……每次來到這裡，我就想起那一晚的事。」

小宮咬住下唇。這裡是鎮上與村子的交界處，路很陰暗，蒼鬱的樹木彷彿從兩側包夾上來。旅途中的父女在這裡被男子持刀威脅，逼入叢林深處。

小宮離開道路，走進樹林中。我跟上她的和服背影。那是一條獸徑，厚厚地積著一層落葉，我深怕大腹便便的小宮跌倒，忐忑不安。

「那個人命令我爹爹，說如果他敢輕舉妄動，就殺了我。」

我們來到一塊視野開闊的空地。那裡是陡峭的斷崖邊緣，底下有條溪流，傳來湍急的流水聲。凶案就是發生在這個空間。

小宮坐在橫倒的樹幹上，注視著父親的墓地。隆起的土堆上插了一根簡單的墓標。

「我絕不放過那個人……」

她所畫的歹徒肖像已經交給了鎮上的官吏。可是鎮上也竊案搶案頻傳，官吏沒時間多花心思追查外來旅人的命案。

我和小宮回到村裡的時候，太陽已經西沉了。黑暗的地面火光零星散布，那是人家窗戶透出來的灶火光芒。臨別之際，小宮「啊」了一聲，叫住了我。

「可以幫我請接生婆過來嗎？」

那個時候，小宮破水了。

師父，有客人來了！我聽到孩子們的叫聲，出去外面一看，門口站著一個陌生的老人。老人似乎正在旅行，要求在寺院裡歇歇腳。從簷廊望出去，孩子們正在寺院境內玩捉迷藏。雪融後的水在境內形成水窪，孩子們輕巧地閃過積水，四處奔跑。

「既然都來了，可以讓我膜拜一下佛像嗎？」

旅人用一種慈祥老人的表情說。我領他到大堂，他看到木製的觀音像，頓時吃驚地說：

「多麼老舊啊，臉部都龜裂了。」

「可是這是歷史悠久的佛像。」

老人搖了搖頭說：

「佛像那個樣子，是渡不了眾生的。請等一下，我身上正好有樣好東西。」

老人攤開包袱，從裡面拿出一個約需雙手環抱的金色觀音像。

「這是我在旅途中得到的。大師，如何？要不要買下？」

老人的表情變成了商人的笑。我沒有意思要買，但即使我婉拒，老人也不肯退讓。我們在大堂裡僵持不下，此時一旁傳來孩子的聲音：

「老爺爺，就送給師父吧。」

有個少年光著腳站在大堂門口。

「村裡很多人病死了，就把它送給師父吧。」

少年的聲音咬字清晰地傳進我的耳裡。老人有些困惑地說了：

「那可不行。」

「為什麼？不給錢就不肯救我們嗎？」

少年似乎光腳在外面跑過，腳上沾滿了泥巴。他用髒腳踩過大堂走來，以一雙純真的黑色眼眸望著老人說：

「爺爺，你是哪邊來的？」

「北邊。你知道嗎？北邊會下大雪呢。」

「知道。這村子不常下雪，可是會下大雪的地方，雪會一直積到腰這麼高。待在家裡，就可以聽到屋頂被雪的重量壓得吱吱叫。」

老人一臉佩服地回望我說：

「這孩子是在大雪的地方住過嗎？我小時候住的家，就像他說的那樣，會被雪壓得吱吱叫呢。」

「爺爺，不是啦……」

少年想要說什麼，但我插口打斷他。

「沒錯，這孩子是北地出生的。好了，去那邊玩吧。」

我指著外面對少年說。少年欲言又止，但還是去了外面。老人不再向我推銷佛像，拎起包袱，再次踏上旅途了。

「今天也在打掃？」

我正在擦地板，入口傳來小宮的聲音。

「不是，是妳兒子踩髒了地板。」

我指著地板上的點點足跡說。

「妳跟那孩子提過在雪國的生活嗎？」

「我又沒去過雪國，要怎麼告訴那孩子雪國的生活？」

小宮在我旁邊擰抹布說。她把兒子踩出來的腳印一一擦拭乾淨。當時小宮的孩子五歲，在寺院境內四處奔跑的模樣，就跟一般的孩子沒有兩樣。小宮為自己的孩子取了父親的名字，可是村裡沒有人能發那個名字的音，因此都喊少年「小宮的孩子」。

「那孩子又說了什麼奇怪的話嗎？」

「他就像親眼目睹似地說了積雪地區的生活。」

「他連這村子都還沒踏出過一步呢。」

小宮咯咯笑著說。

少年偶爾會向村人描述他應該未曾見過的大海，或是都城街頭藝人的事。問他是在哪裡得知的，少年說，「不知道，可是我知道。」因為他描述得太詳盡，村人們都感到很不可思議。村裡只有一個人親眼看過大海，他說少年描述的大海情景千眞萬確，完全不像幻想出來。

小宮與她的兒子已經成了村中的一員。除了耕種自己的田地以外，小宮還兼了好幾份工作，幫忙老人家下田，或是照顧沒有母親的孩子。生產之後，她依舊維持著少女的容顏，讓人看了心境平和。

當地土質多礫石，能收穫的米糧不多，村人總是難以溫飽，但自從小宮生下孩子後，流行感冒絕跡，人們的表情變得開朗了些。可能是因為如此，當村裡死了一個孩子時，眾人都深受打擊。我嗅到遺忘了一陣子的死亡氣味，憶起了人是如此地虛渺。

「找到小鈴了。請師父去爲她誦經吧。」

小宮來寺院叫我。我和她一起前往小鈴家。這天傍晚，十歲的小鈴在河川下游被人發現漂浮在水中。

小鈴家位在村子邊陲，村人們聚集在門口吱吱喳喳談論著什麼。他們一看到我，便都一臉困惑地噤聲不語了。

「怎麼了嗎？」

我走近問道，發現屋裡傳出喃喃聲。那是陌生的經文。

小宮一臉蒼白地說：

「是我爹爹生前誦的經。」

她衝進屋裡，我跟著進去，卻沒看見小宮的父親。屋中只見躺在草蓆的少女和她的父母，以及小宮生下養大的少年而已。在誦經的是小宮的孩子。他看到母親，停止誦經，回過頭來。

「娘，小鈴姊姊死掉了。」

小宮問她的孩子：

「你剛才念的經是在哪兒學的？那是娘的爹爹平常念的經。」

少年跪坐著，靜靜地說：

「娘，我從一開始就知道這些了。」

少年俯視著小鈴的臉，吸了一下鼻水。他所說的話音色純眞，聽不出半點虛假。

「我記得當時的一切。那孩子肯定是我爹爹再世。我也知道我怎麼會懷上那孩子了……」

超渡小鈴的夜晚，小宮在我耳邊如此低語。

可是一直等到小宮的孩子長到十四歲，我才從她的口中得知詳情，而那時也成了我和小宮母子訣別的日子。

三

「最近我老是夢到可怕的事。」

小宮的孩子坐在寺院簷廊說。他看著孩子們在院內遊玩的情景。他的體型已經完全長成大人，不是可以混在孩子堆裡一起玩耍的年紀了。我停下打掃的手，在他旁邊坐下。

「在夢裡，我被一個男人殺死了。我也記得地點，是外公的墳地那裡。娘被刀子抵住，我動彈不得。」

「你在這裡等我一下。」

我站起來，去了當臥房使用的房間。我從架上取出用布包裹的小刀，拿著它回到小宮的孩子那裡。

「你認得這把刀嗎？」

「是在夢裡刺了我的刀子。」

他戰戰兢兢地拿起刀子。

「我記得這刀柄上的焦痕。是用火灼烤的痕跡，目的是燒掉上面的文字吧。夢即將結束之前，男人用這把刀刺了娘的肚子。娘的肚子插著刀子，逃到樹叢另一頭去了。」

「你作夢的事，不要告訴小宮。她會擔心的。」

我說，他沉默之後點點頭。

「我的夢，一定是娘和外公遇襲那天晚上發生的事。」

「不要隨便這樣認定。」

「可是狀況跟娘告訴我的一模一樣。」

他所作的夢完全吻合十四年前的凶案情節，他在夢裡用小宮父親的眼睛看到了慘劇始末。

「嗳，那種夢，過陣子就不會再夢到了。」

一個孩子穿過院子，跑到坐在簷廊的我倆身旁。我問孩子怎麼了，他一臉快哭地要我過去。

我跟著孩子走去，看到另一個少年倒在籬笆旁邊哭泣。說是玩著玩著，摔下籬笆受傷了。

「骨折了。」

小宮的孩子檢查少年的傷勢後，用樹枝抵在腳上用布固定起來。

「以前你碰過一樣的情形嗎？」

少年的動作非常熟練，因此我才這樣問。

「不，是第一次，可是我知道該怎麼處理才好。師父，爲什麼我一開始就有這樣的知識？」

他的眼中有著惶惑。

小宮坐在田地旁注視著夕陽。她纖細的手上沾著泥土，看得出她剛忙完田地活。小宮旁邊擺著籃子，湊上去一看，裡面裝著幾顆地薯。

「我來這座村子十四年了。」

小宮望著村莊說。她的側臉還有村子都被夕陽染紅了。

「妳一直這麼年輕，外貌就像個少女。妳的兒子揹小孩到鎮上去了，他帶受傷的孩子去看大夫。」

我說明剛才發生的事。小宮說她知道了，站起來把籃子扛上身後。

「我有事想告訴師父。」

她朝家裡走去，我跟了上去。進屋以後，小宮叫我關上門。

「師父還記得我以前說過，那孩子是我爹爹再世嗎？」

灶裡火光搖曳，照亮著簡陋的屋內。小宮的黑影映在牆上，灶火搖擺，她的影子也跟著搖擺。

「師父沒見過我爹爹呢。那孩子的臉一天比一天像我爹……」

離開小宮家後，我順道去了熟人家。我敲門，一名莊稼漢出來應門。

「師父，歡迎歡迎。」

「我有事想請教。十四年前，你一起去找過小宮的父親，對吧？」

「是的，我們幾個人分頭尋找，在懸崖上找到了。」

「你還記得小宮父親的相貌嗎？」

「看不出來吶，鼻子被削掉了。應該是被殘忍地凌虐過，我頭一次看到死狀那麼淒慘的屍體。連男人的命根子都被割掉了吶。」

我向他道謝，回到寺院。

有輪迴轉世這種說法，也就是眾生在三界六道的迷惘世界中不斷地反覆生死，就如同車輪迴旋永無盡頭。

想到小宮生下的孩子，我忍不住想到了這個詞。

隔天，我發現小刀不見了。

流行感冒再次侵襲了整座村子。

許多人死去，村人的表情一天比一天疲憊。

一天我幫忙村裡的老人做農回來，在路上碰到小宮的孩子。他不聲不響地杵在某戶人家前，對著門戶緊閉的人家誦經。獨居在那戶人家的男子幾天前傷風過世了。我也在幾年前學會小宮的孩子誦的經，他說他自落草就知道的經文，與我學到的經文細節不同，但在本質的地方有著相同的音韻。

「才幾天前，他還跟我聊天說笑。」

他發現我，望著失去主人的屋子說道。這陣子他始終是一副愁眉不展的表情。

「你那模樣就像真正的和尚。你只要把頭剃了，隨時都能來當和尚。」

我跟他邊走邊這麼說。

「師父，明天可以借用你一點時間嗎？我想請你陪我去鎮上一趟。」

「你要去鎮上做什麼？」

「去賺點零用錢。昨天我熬了一整晚製作了幾樣玩具，想拿去鎮上賣點錢。」

隔天我們去了鎮上。走上半天，翻過一座山後，便是一處熱鬧的城鎮。鎮民來來往往，充滿歡樂的氣息。小宮的孩子腋下夾著一個包袱，用一種慣於旅行的穩健步伐前進。

「這是什麼？」

「叫竹蜻蜓的玩具。」

他在鎮裡一處打開包袱，從裡面取出竹製的玩具。那種叫做竹蜻蜓的玩具是我生平首見。

「這怎麼玩？」

「像這樣。」

他用雙手手掌夾住玩具，磨擦似地旋轉它。竹製玩具離開他的手，自行飛上天去了。鎮裡的人都停下腳步仰望，每個人都一臉驚奇，他們應該也是初次目睹竹蜻蜓吧。竹蜻蜓飛越人們的頭頂，自由自在地飛翔。竹蜻蜓一下子就被搶購一空，最後一個客人問他：

「你是在哪兒學來這種玩具的？」

「我一開始就知道了。」

「一開始就知道？」

「沒錯。我一出生，它就在我的腦袋裡了。」

「你這話也眞好玩。」

客人離開後，他收拾好包袱。我提出一直感到介意的問題：

「你是怎麼削竹子的？」

「我有小刀。」

他裝傻似地說。

「上次給你看的小刀不見了，果然是你拿走的。」

「小刀在這裡。」

他從懷裡掏出小刀說。

「還給我。」

「現在不行。今天我要用它來確定一件事。我就是爲了這個目的才到鎮上來的，我希望師父也一起作證。」

他說他想買禮物給小宮，於是我們往鎮中心走去。他向商人買了有紅色小絨球的髮飾。

「是要送給心上人的嗎？」

商人問他。

接著他拉著我深入鎮中，他的目的地是鎮裡最大的和服店。他把我帶進大馬路裡的一條巷子，從那裡可以看到店鋪的後門。

「你要做什麼？」

「留下這東西。」

小宮的孩子從懷裡掏出小刀，插在店鋪後門的門柱上。

「好了，趁沒人的時候快離開吧。」

我正啞然之際，被他推著躲到附近人家的暗處。

「你想做什麼？」

「我帶孩子來鎮上看大夫時，看到疑似這家店老闆的人。我們在店門口碰巧錯身而過。」

他屏息直盯著後門。

「師父，差不多可以告訴我眞相了吧？我作的夢，眞的只是夢嗎？」

「你說你被殺的夢嗎？」

此時有人打開後門出來了。從服裝來看，那似乎是在店裡工作的女傭。女傭發現後門的小刀，折回店裡去叫人。被叫出來的是一個身穿高級和服的男子。我覺得他的容貌似曾相識，當下卻想不起來。男子看到插在門柱上的小刀，一開始也沒什麼異樣，但立刻就驚慌失措起來了。

「小刀柄上有著少見的焦痕。他看到那塊焦痕，想起來了吧。」

小宮的孩子在我耳邊解釋說：

「他應該發現那是他以前遺失的小刀了。」

我在遠處仔細觀察從門柱拔出小刀的男子。這麼說來，男子長得很像小宮畫的歹徒肖像。

「我在夢中看到了。那個人刺了我，然後也刺了我娘。師父，爲什麼夢中的男人眞的存在？」

四

隔天晚上，這回我一個人去了鎮上。當時我還沒有決定是否要把十四年前的命案凶手之事告訴小宮或官吏。

我前往即將打烊的和服店，聽說老闆去酒肆買醉了。我到酒肆一看，就像打聽到的，老闆就在那裡。他一杯接著一杯，感覺無法隨意開口搭訕。我不著痕跡地向周圍的人打聽他的事。和服店是老闆一手經營起來的，但他年輕的時候是個莽漢，常爲了酒錢向人勒索。

回到村子的路上，我走在兩側都是田地的道路，嗅到大地飄來的稻穗芳香。我一直在想和服店老闆的事。看到小刀時，他顯而易見地表現出慌亂的模樣。走到寺院前面時，我發現有人站在月光之中，是小宮。她的頭上插著孩子送給她的髮飾。她看到我，捏起鼻子說：

「師父，你渾身酒臭。」

「一點酒味罷了，就別計較了吧。」

小宮到廚房爲我作飯。飯後她爲我揉肩膀。

「今天怎麼這麼好？」

「我偶爾也很體貼的。」

這十四年來，對小宮而言，我就像她的父親，而我也把小宮當成自己的女兒看待。我年輕時也有過妻女，但兩人都生病過世了。我沒有告訴小宮，我死去的女兒也叫小宮。

「明天見。」

小宮回去時我對她說。

「嗯，師父，明天見。」

她向我行禮，身影逐漸遠去。

深夜時分，小宮的孩子來敲寺院的門。

我問怎麼了，他擔憂地說明原委：

「娘說要去巡田地，結果一直沒有回來。」

我們前往鎮上。我走在才剛折回來不久的路上，愈來愈感到不安。我們會往鎮上去，是因爲我們認爲小宮應該在那裡。小宮失蹤前，小宮的孩子才剛把和服店老闆的事告訴了母親。

我們一邊趕路，我把十四年前發生的事告訴了小宮的孩子。

我也告訴他，小宮沒有和任何人發生關係就懷了他。他的表情大部分都隱沒在黑暗當中。

抵達鎮上後，我們發現路人全都倉惶失措，嚇了一跳。官吏乘坐的馬匹發出震撼大地的聲響穿梭在人家之間。我們默默地察覺出事了。

和服店前聚集了許多人。我們豎耳聆聽人們的對話。事情發生在和服店老闆從酒肆回來的路上。老闆被人用割草的鎌刀割斷脖子殺害，路過的人看到一個女人逃走。女人身上寒酸的破爛衣物濺滿了血跡，而她似乎正朝我們的村子方向逃走。

官吏搜索城鎮近郊，也有一群人策馬往村子的方向奔去。我怔在原地，小宮的孩子把我拉到無人之處。他也一臉蒼白，但以堅強的語氣說了：

「如果娘往村裡逃，那就說不過去了。她應該會跟我們擦身而過才是。」

如果沒有擦身而過，就表示小宮在途中離開道路了。那麼她是去了哪裡？這麼說來，連結鎮上與村子的道路偏遠處，有她父親的墓。

我們分開草叢深入，在溪流聲中聽見女人的歌聲。沒多久，我們來到寬闊的地方。這裡是十四年前凶案發生的地點。月光照耀著一個坐在倒木上的女人。女人面朝懸崖，只看得到背影，但頭上插著我看過的髮飾。

「娘。」

跟在我身後走出叢林的小宮孩子喚道。女人停止歌唱，望向我們，露出悲傷的表情。她的胸口染得一片血紅。

「就是那個人。」

我的全身因駭怖而僵硬了。那天夜晚的小宮，表情淒美無比。

「娘，回家吧。」

小宮的孩子朝她踏近一步。小宮的手中握著鎌刀，刀上沾著血。她看了看我，說：

「我都已經跟師父道別過了。」

小宮站起來，把鎌刀擲在地上。

「我還有哪裡可以回去？」

然後她朝向地面的盡頭走去。崖下就是溪流，聽得見湍急的水聲。站在崖邊的小宮，身體嬌小得彷彿風一吹就會掉下去。

「不要去那裡！」

孩子說，小宮回頭，帶著滿懷慈愛的眼神說：

「娘拖累你了。身爲罪人的孩子，你今後一定會活得很辛苦。」

「不可以，我們一起逃吧！」

「你要在這裡活下去。」

「娘，不要！」

「十四年前，我本來應該死在這裡的。我能夠活到今天，都是因爲你捨命讓我逃走，爹爹……」

「我不是娘的爹，我們只是名字一樣而已！」

「爹爹的心就在你的體內。」

小宮向著自己的孩子深深地行禮。

「什麼意思……？」

「因爲你是爹爹的孩子。」

我聽見馬嘶聲。似乎是追捕小宮的官吏在搜索附近的村子。

「我懷了爹爹的孩子。」

小宮的聲音無比凜然。可是我不懂她的話。

「接生婆說妳的身子清白，可是妳卻說妳懷著妳爹的孩子……？」

「那個人砍了爹爹，刺了爹爹。我看著爹爹被切割成片片，然後那個人用同一把小刀刺了我的肚子。」

小宮撫摸自己的小腹。我雖然沒有直接看過那時候的傷口，但聽大夫說，是在肚臍右下方處。

「小刀的刀刃反射著月光，一片濕濡。我以爲那是因爲沾了爹爹的血，所以濕了，但……」

我想起村人的話。沒看過死狀那麼淒慘的屍體、連命根子都被割掉了。

「那把濕濡的刀子貫穿了我的肚腹。」

小宮的手在肚子上畫著圓。

「一定是刀子把爹爹的孩子送進我的肚子裡了。」

「怎麼可能……！」

「那麼還有什麼別的理由能讓我懷上孩子？」

小宮的孩子以虛脫的腳步走近她。

「娘……」

他喚道，在母親腳邊跪下。

啜泣聲被馬蹄聲蓋過了。是村人告訴他們這個地方嗎？馬匹在樹叢另一頭停下，感覺大批人馬正逼近而來。

「師父……」

小宮站起來，把孩子的手塞進我的手中。

「看來是道別的時候了。」

「小宮……」

「這孩子就麻煩您了。」

她說，向我行了個禮，毫不猶豫地跳下懸崖。

「娘！」

小宮的孩子站起來甩開我的手，朝懸崖奔去。

「別去！」

「我去救娘！」

他丟下這句話，一樣縱身跳下了懸崖。

我走近崖邊窺看底下。溪流吞沒母子，轟隆作響。

懸崖途中有一塊突出的地方，我在月光中看見有樣紅色的東西卡在那裡。是少年送給母親的髮飾。

＊＊＊

敲門聲在雨聲中響起。我把母子留在大堂出去應門，一個全身濕透的旅裝男子站在入口。是陌生的男子。

「可以讓我避個雨嗎？」

男子說，我請他進入寺內。

「現在寺裡有對不幸的母子，還請別大聲驚擾。」

「出了什麼事嗎？」

「孩子在河裡溺死了。」

我把男子領到寺內的空房去，遞給他手巾，旅裝男子擦拭起濕掉的臉。

回到大堂一看，母親正摩挲著草蓆上的孩子身體。

「後來沒有找到他們兩人嗎？」母親問。

「許多村人在下游尋找，但……」

應該沒命了吧。村人皆異口同聲說。

「不小心說得太長了。」

「不會。」

我想爲母親和旅人倒個茶，到廚房生灶火。外頭傳來無休無止的雨聲。好久沒有向人提起那對母子的事了。我凝視著灶中的火焰，想起從小宮的孩子手中飛出去的竹蜻蜓。我覺得那是很幸福的玩具。離開人的手中，飛上天空，自由翱翔，讓人看了舒暢快意。

木柴在爐灶深處爆裂，紅色的火星飛舞。此時大堂傳來誦經聲。我詫異是誰在誦經，豎耳靜聽了一會兒。

去到大堂一看，旅裝男子正對著孩子雙手合十。誦經的人是他。

和我學到的細節雖然不同，但本質的部分有著相同的音韻。和那名少年誦的經一樣。

「剛才你誦的經，是在哪兒學的？」

「在旅途中認識的人教我的。」

「那是什麼樣的人？」

我追問，旅裝男子回答了我。我聽著他的話，深深地吁了一口氣。

「是一個帶著女兒的男人。不，那應該是母親吧。我們是在月光下見到的，所以兩人的年紀都看不眞切。他們似乎一起長途旅行，親密無間，彷若夫妻，但又像父女，也像母子。是的，我是最近遇到他們的。兩人看起來有些驚惶害怕，或許是在畏罪逃亡的路上。我問他們要去哪，他們說要去天涯海角。我問哪裡才算是天涯海角，但他們似乎也不曉得答案。」

2 ／ 井底

一

我的孩子們，到聲音這兒來，然後聽你們的父親說話。現在我要告訴你們我年輕時候的事。聽完之後，你們就會知道自己怎麼會在這兒了。

我的父親，也就是你們的爺爺，是給人放高利貸的。高利貸就是借錢給人家，然後收很高的利息。假設有個人現在立刻就想買匹馬，可是沒辦法馬上籌到錢，這種時候他就會來找我父親，向他借錢。父親不會無條件借錢給人，他借錢給人，還的時候要多收一筆。像這樣借錢給好幾個人的話，父親就可以賺到那些多收回來的錢。

當然也有人不還錢。碰上不還錢的人，父親毫不留情。鎮上的人會害怕、討厭我父親，就是出於這樣的理由。我父親會穿著鞋子闖進不還錢的老人家裡，把人家孫子擄走洩忿，這樣的人誰會喜歡呢？

鎮民在背地裡或許也厭惡著我吧。表面上每個人都對我很好，但那都是因爲怕惹我父親生氣。他們認爲若是跟我父親作對，明天起就沒法繼續待在鎮裡了。

我開始覺得父親可怕，是我五歲左右的時候。當時我有個很要好的朋友，那孩子三天兩頭就跑來我家玩。我家庭院有池塘，我們都一起在那裡玩。朋友輕巧地跳過地塘的石子，讓父親雇來的奶娘看得心驚膽跳，擔心我朋友會摔進池子裡。我每天都很期待能跟那個朋友一起玩。

那孩子會來我家是有理由的。聽說他的父親向我父親借了錢，結果錢沒法還清，我父親就把那孩子的母親賣給妓院，把那孩子送到遙遠城鎮的商人家去當長工了。這麼一來債款就抵消了，但那孩子一家人也等於是被活活拆散了。

那孩子的父親沒多久就上吊死了。知道丈夫死去，被推入火坑的妻子也上了吊。眞是慘吶。而孩子則是在被送去當長工的地方傷風惡化，就此一命嗚呼了。當時大人們是這麼跟我說的。

因爲有過這樣的事，不知不覺間，我怕死父親了。

我家很有錢，所以我成天遊手好閒。只要父親沒盯著，我就縱情遊樂。到了會喝酒的年紀，大白天裡就開始貪杯。我也泡女人，享用來自遙遠國度的糕點。父親在家裡包養了好幾個情婦，每個都很漂亮，對我很好。我也會跟她們一起喝酒賭博。

我發現那個水井，是田裡即將收成的秋季時分，我二十五歲左右的事。一天，我過度沉迷於賭博，把客廳的壺拿去當鋪抵押，拿典當來的錢跟父親的情婦們賭錢取樂，結果父親回來撞見，大發雷霆。我當掉的壺是父親心醉的大師作品。

「幸太郎少爺把壺給當了。」

一個情婦多嘴，所以我光著腳從簷廊逃了出去。我連滾帶爬，衣服被籬笆勾破跌倒，仍死命地跑。身後傳來的吼聲把我嚇得魂飛魄散。父親有許多身強力壯的手下，他們在父親一聲令下紛紛跑來抓我了。

我穿過民家之間，逃到寬廣的田地去。結滿了稻穗的稻子低垂著頭，太陽將四下灑成一片金燦。我鑽進田裡屏息斂聲地躲著。紮根在地面的稻子散發出濃郁的香氣，稻穗的前端扎刺著我的手臂。話說回來，這稻穗也實在飽滿，今年的新米滋味一定特別棒——我滿懷期待地心想著。

「少爺！」

「你在哪裡！」

追兵經過，再也看不見時，我站起來，這次往山裡面逃。山腳下有一片樹林，糾結的樹木之間有條獸徑。逃進那裡面，是我命數已盡。

「幸太郎少爺！」

「快出來啊！」

在沒有岔路的小徑途中，我被聲音包圍了。前後都有追兵的叫聲，周圍無處可逃。一想到被抓回去，不曉得會被父親罵成什麼樣子，我就嚇得渾身發抖。

此時我發現小徑角落有一座落葉堆成的山。仔細一瞧，那是一座古井。井口用折斷的樹枝遮擋著，而落葉就堆積在上面。用來汲水的木桶和繩子也掉在旁邊。我掃開落葉窺看裡面，但井底凝著一片墨般的黑。這裡面要躲人太勉強了吧？可是總強過挨罵。

我下定決心，把繩子綁在樹枝上，下了井裡。

水井的牆面是石頭砌成的。我用腳尖抵著石頭，慢慢地往下降。繩索很牢固，應該不會斷，而且綁繩索的樹枝感覺也不會崩裂。但我應該是太慌了吧，才下到一半，手便一滑，放掉了繩索。

我「咚」地一聲摔到了井底。我不曉得昏迷了多久，似乎好一陣子都沒有醒來。然後我聽見啪沙啪沙的水聲，那好像在洗東西的聲音讓我懷念極了。小時候我每次感冒，還在人世的母親都會弄出這樣的聲音搓洗手巾，擱到我的額頭上。

我懷念得幾乎要啜泣起來，同時睜開了眼睛。我環顧自己所在之處，詫異極了。我應該掉進了水井裡面，人卻躺在被窩裡。約四張榻榻米大的小房間裡有個女人，正在水桶裡洗手巾。我撐起身體，呻吟起來。伸手一摸頭，撞出個大腫包來了。

「還不可以亂動。」

我看見回頭的女人，靈魂幾乎都要出竅了。我從沒見過這麼美的女人。她穿著白色的和服，露出衣襟的脖子也是雪白的。雙手被水桶裡的水沾濕的她，總有一股如夢似幻的飄渺之感。

「這裡是……？」

我問，女人答道：

「井底。」

女人指著天花板，我抬頭一看，天花板上果眞有個圓洞，我似乎是從那裡掉下來的。也就是井底有房間，而女人住在這裡。

二

女人自稱小雪，說她住在井底。我的孩子啊，你們了解這有多麼古怪嗎？在井底蓋房間，這我聞所未聞。榻榻米幾乎腐爛，一踏就往下沉。可能因爲是井底，所以濕氣很重。房間的格局類似貧困的農家，如果沒有天花板上的洞穴，我可能會誤以爲我闖進了農家裡面。

「你叫幸太郎嗎？」

小雪的聲音婉約動人，聽著她的聲音，有種耳朵被濕布蒙住的感覺。

「我聽到水井上面有聲音。好像有人到處在找你。」

小雪直盯著我看。我父親帶回家的每一個情婦都很美，但跟小雪相比，全都只能算是姿色普通。

「妳幹麼一直看我？」

「很少有人會來這裡。」

「我想也是吧。」

小雪遞出擰乾的手巾，我接過來，敷在腦袋的腫包上。

「我沒在鎭上看過妳。」

不知是否生病，小雪的嘴唇蒼白。

「我不能在外頭行走。」

因爲這樣，所以膚色才這麼白皙嗎？可是洗過手巾的水桶水要倒到哪裡？就我看到的，房間裡沒有可以倒水的地方。而且追根究柢，這水是從哪裡汲來的？其他地方還有另一口水井嗎？牆上沒看到紙門或壁櫃，也沒有通往其他房間的出入口。這地方住起來多不方便啊——當時的我這麼心想。

「妳怎麼會住在水井裡面？」

「我要住在哪裡，是我的自由。」

「嗯，是妳的自由沒錯。」

天花板的洞穴灑下來的光，在我們談話當中漸漸地暗了下來，讓我知道外頭似乎入夜了。我仰望著天花板的圓洞，小雪在我不知不覺間取出了一盞倒了油的油盤燈。上頭已經點了火，房間被昏黃的火光照亮。

「這是從哪裡拿出來的？」

留意到時，水桶也在不知不覺間不見了。四張榻榻米大的房間裡只鋪著一床被褥，並沒有可以藏桶子的地方。

「那些小事何必在意？」

「可是這裡怎麼會有那麼昂貴的東西？」

不管是油盤還是燈油都非常昂貴，一般人家是不會有的。

「是有人丟進水井的。」

眞的嗎？

「倒是你，應該餓了吧？」

不知不覺間，小雪取出酒菜擺到我面前。剛才應該還沒有這些東西的。我感到不可思議，但端出來的料理很可口，所以我暫停了思考。小雪爲我斟酒。她準備的菜餚每一樣都非常好吃。我醉後興頭上來，引吭歌唱，她也拍手應和。

好了，該回家了。我站起來，小雪立刻露出寂寞的表情。

「妳要一起來嗎？」

她垂下頭去，看來是不行的。

「我會再來。」

「反正都是唬我的。」

「眞的。我向妳保證。這條手巾給我，我還想再敷一下。」

不知道是不是因爲喝醉了，讓血液循環變得順暢，腫包感覺又熱又疼。我用濕手巾冷敷著它，動身回去。小雪不曉得從哪裡取出踏台，踩上去一看，手可以搆到天花板的洞。我費了一番功夫才爬上天花板，然後用手指和腳尖勾住突出的地方，漸漸地就抓到訣竅了。

水井上吹著舒適的風，樹木沙沙作響著。我光腳走在夜路上，滿腦子都在想該怎麼向父親辯解。父親已經氣消了嗎？如果還沒有，就回水井來吧。我想著這些事。

幸而父親喝了酒，心情變得不錯，回家以後，我也沒有挨罵。

從那天開始，我頻繁地前往有小雪等著我的水井。

我帶著糕點當禮物，前往樹林，下了水井。小雪總是由衷期待我的造訪，每次我從天花板的圓洞跳下去，她就放下心似地擁抱我。她好像孤單一個人住在井底，所以很寂寞吧。我要離開水井回去時，她都一臉不安，彷彿在擔心我再也不會回去了。

「這裡待起來眞舒服。可是每次小便都得爬上水井，眞不方便。」

我總是枕在小雪的膝上說。房間裡沒有廁所，所以每次我要方便，都得上去樹林才行。

「妳偶爾也出去外頭看看吧。稻田很美唷。今年是個豐收年。」

「不行，我不能離開水井。」

「放眼望去全是一片金燦，而且祭典馬上就快到了。」

小雪搖搖頭。即使我問她爲何不能離開水井，她也顧左右而言他。我訝異她眞是個神祕莫測的女人，但這一點也是小雪的魅力。

我頻繁地鬧失蹤，鎭上的人似乎都感到不可思議。以前總是混在一起喝酒賭博的朋友一看到我就問，「你最近都上哪去啦？」我想把水井和小雪的事當成自己的祕密，所以謊稱我是一個人散步去了。我和小雪衷心喜歡彼此。如果有時間去賭博，我寧願跟小雪一起關在小房間裡消磨。

「我以前怎麼會跟人在那裡單啊雙的賭什麼錢呢？眞覺得以前的自己蠢透了。」

「這表示你長大了。」

小雪縫補著我破損的的衣物說。我靠坐在房間牆邊，對著她的全身看得出神。小雪總是一身白色的和服，頭髮烏黑亮麗，彷彿濡濕得發光。她做針線活的模樣優雅極了，令人百看不厭。

井底的小房間就像母親的肚子裡面，讓人安心。感覺就好像全世界只剩下我和小雪兩個人。

除夕那天，我帶著魚和酒前往水井。平常總是小雪不曉得從哪裡爲我張羅吃的過來，但我想偶爾也該輪我請客。小雪非常高興，我們一起吃喝過年。吃著喝著，天花板的圓洞掉下白色的小顆粒來。外頭下了雪，雪花飄進井口，穿過長長的豎坑掉進房間裡來了。

沒有多久，小雪開始啜泣起來。我沒有問她爲何哭泣。因爲我知道即使問她，她也不會回答我。我摟緊她，等她哭完。然後我納悶：這個女人究竟是什麼人呢？

愈是愛她，就愈想知道她的眞實身分。可是我害怕聽到眞相，而她也一定害怕被我知道眞相，所以才會總是迴避這個話題吧。

「對了，幸太郎，你可以把上次借給你的手巾還給我嗎？」

「拿去敷腫包的手巾嗎？不過是條手巾罷了，扔了吧。手巾沒辦法像料理那樣，隨便變出一條新的來嗎？」

「那條手巾是特別的。」

「哦？怎麼說？」

「那是用我小時候穿的衣服裁開做成的。」

離開水井回家後，我尋找小雪的手巾。手巾拿回家後就不曉得被我扔在那裡，就這樣不知所蹤了。我找了很久，發現被家裡的女傭拿去當抹布，我痛罵了那人一頓，把手巾搶回來，洗乾淨晾乾，打算下次下水井的時候拿去給小雪。

仔細看看，手巾是難得一見的艾草色。我看著那條手巾，赫然想到了一件事。小雪說那條手巾是用她小時候的舊衣做成的。那麼只要去問問有沒有人知道艾草色的和服不就行了嗎？或許可以得到有關小雪的線索。

可是我很快就無法付諸行動了。因爲那個時候，父親要我去相親了。

三

對象是個大家閨秀，實際見面，我發現她是個相貌非常健康的女子。父親出身平凡，所以對名門望族心懷憧憬也說不定。

「如何？很不錯的一位小姐吧？」

相親時，父親在席上非常開心，對方的父母似乎也覺得這門親事不錯。父親的影響力遍及各界，他們認爲和我們家攀上關係，應該會有不少好處。而可能成爲我妻子的對象感覺則是「爸爸媽媽說什麼我都聽從。」我困惑了。如果成了家，就沒辦法自由前往水井了。

「你有喜歡的女人，對吧？」

一天父親把我叫去這麼說：

「之前我看到你喜孜孜地出門去。暫時先別去了。難得一樁好姻緣，會被你搞砸的。我不是叫你跟那人分手，是叫你在婚事定下來之前先安分些。要玩女人，結婚之後要怎麼玩都成。」

父親說道，決定下聘的日子了。我生性膽小，做不出忤逆父親或是提出抗議這種大逆不道的事，只點點頭說知道了。

「少爺覺得這樣就好了嗎？」

奶娘這麼問我說。她已經是個老婦人了，但她以前總是代替早逝的母親哄我入睡。當我放蕩得太過火時，第一個勸諫我的也都是她。

「沒辦法啊。爹都那樣說了。萬一惹爹生氣，不曉得會被罵得多慘。」

被父親討厭，就意味著無法在鎮上生存。

可是告訴小雪這件事，還是令我痛苦萬分。或許是早就料到遲早會有這樣的一天，我一開口，小雪就垂頭不語了。這是我第一次感覺水井底下的房間寒冷。不久後，小雪用那雙細長的眼睛望著我說了：

「請別再來了。這樣那位小姐太可憐了。」

「可是那樣的話，妳在水井底下就孤單一人了。」

「那也是沒辦法的事。」

「下聘完後我會再來，我爹也說下聘完就可以。」

她露出悲傷的表情：

「你要堅強起來。不要輸給令尊。」

「妳知道我爹？」

小雪點點頭。我從未跟她提過我父親的事。我問她怎麼會知道，她也只是垂頭不語。

離開水井後，我帶著小雪的手巾到綢緞莊去。我不知道能否用這塊艾草色的剩布打聽到什麼，可是我也沒有其他線索可以查出小雪是什麼人了。

「這塊布是以前我們店裡經手的布料。」

綢緞莊老闆仔檢視過手巾後說。

「這顏色很稀罕，我想應該是沒錯，但不清楚是誰買去了。」

「你知不知道有誰把這塊布做成衣服給孩子穿？」

「不清楚呢。」

我順帶打聽叫小雪的女人，但也毫無收獲。我緊握著手巾，在鎮裡漫無目的地行走。

一天，我聽說住在鄰鎮的酒肆老闆娘有艾草色的和服，便前去拜訪。我在前往鄰鎮的路上，有鎮民向我道喜說，「好事就快了呢，恭喜。」聽到這話，我才想到下聘的日子近了。附帶一提，酒肆老闆娘的艾草色和服和拿來當手巾的舊布不同，是觸感光滑的昂貴布料製成的。

大概是下聘前兩天吧。我和父親被未來的親家邀請到家裡吃飯。對方的父母還有我父親都高興極了，而我未來的妻子一和我四目相接，就羞紅了臉。

雖然對她過意不去，但我滿腦子淨想著小雪的事。小雪白皙的脖子、蒼白的嘴唇沒有一刻離開我的腦袋。她這個女人就像霧中的白鶴，無聲無息地悄然降臨湖面，輪廓在霧中朦朧地暈滲開來。我想起她的手臂環繞住我，摟上我身子的觸感。對面坐著我未來的妻子，旁邊坐著父親，場面歡喜熱鬧，然而我卻關在井底不出來。在不見天日的井底，我無時無刻、每一瞬間都與小雪纏繞在一起。井底的房間扭曲，包裹住我和她，感覺就像逐漸墜入暖洋洋的溫水中。我幻視到天花板上的圓洞逐漸遠離，我和小雪所在的房間漸漸往下沉落。我還聽見啪嚓、啪嚓的水聲，是心理作用嗎？房間的柱子和牆壁濕答答，天花板滴下水來，這些都是眞的嗎？或者小雪這個女人還有井底的房間全是我的想像，實際上根本沒有這些東西？小雪的肌膚就像在口中融化消失的甜點，她的輪廓彷彿在舌上崩解、化開。

回到家時已是傍晚，赤紅的夕陽照著鎮上。幾隻烏鴉飛過遠方天際，消失在山的另一頭。我站在庭院池畔，看著小雪的手巾。由於天氣寒冷，池面凍結了。

「少爺，快點進屋裡來，要感冒啦。」

回頭一看，奶娘站在那裡。她看到我手中的艾草色布巾，露出古怪表情。

「那塊多的布還沒用完呀？」

「妳知道這塊布？」

「怎麼不知道，我用那塊布做過孩子的衣服啊。」

「孩子的衣服？給誰穿的？」

奶娘指著我：

「少爺，不就是給你穿的嗎？」

「怎麼可能？我不記得呀。」

「因爲你馬上就送給朋友了嘛。」

「送給朋友？」

「少爺忘了嗎？那時你眞的還很小，那孩子經常牽著少爺的手一塊兒玩耍呢。一天你們兩個一起掉進水裡，衣服都濕透了。那時候少爺把你的艾草色衣服送給了那孩子呀。」

小時候我有個很要好的朋友。那孩子的父親因爲向我父親借錢，母親被賣到妓院，他自己被送去給人幫傭了。我聽說他的父母上吊自殺，他也在幫傭的地方染上傷風死了。我忘了他的名字，但我總是期待能和他一起玩耍。

四

下聘前天我出了遠門。因爲可能會被制止，我瞞著家裡人偷偷離開。中午時分，我來到目的地的城鎮，找到了商人家。

「距今約二十年前，有沒有一個叫小雪的女孩在這裡工作？」

我問商人。奶娘聽人說，我以前的朋友在給人幫傭的地方傷風惡化死掉了。朋友去幫傭的地方，是跟父親有親交的商人家。

「女孩嗎？不記得吶。」

商人說他不記得雇用過小女孩。倒是少爺，你明天就要訂婚了吧？——商人這麼寒暄起來。那麼我聽到的消息似乎是什麼人編出來的謊言。那女孩根本沒有去給人幫傭。那麼她是被帶去哪兒了呢？我一臉困惑地就要離開，商人說是賀禮，給了我一堆土產帶回家。

回到家時，太陽早已西下。這晚過去就是下聘的日子了。儘管明白，我卻毫無眞實感。下聘預定在我家進行，全家上下爲了整理打掃亂哄哄的。我經過走廊，進入臥室，躺在榻榻米上想著小雪。

確實，我記得少女輕巧地跳過池塘石子的模樣。少女像小鳥一樣跳著，和服的衣擺輕盈地飄搖。

我爬起來前往父親的房間。我在房前出聲，父親應道，「進來吧、進來吧。」

「怎麼了嗎？」

「我有事想問爹。」

我在父親面前跪坐下來。父親肩膀寬闊，胸膛也很厚實。跟父親比起來，我就像根稻草般羸弱。

「你今天去哪了？你得預習一下明天的行程啊。」

「我出遠門去了。」

「去哪？」

我說出商人的名字。

「我有事想確定一下。是關於一個叫小雪的女孩。以前有個女孩常來我們家跟我一起玩，可是她的父親還不出錢，所以爹把那女孩送去給人幫傭還債了。」

父親用指頭摸著下巴，慢慢地說了起來：

「哦，你說那傢伙的女兒啊。那女孩的話，說她去給人幫傭是騙你的。」

「騙我的？」

「還沒帶到商人家，她就死掉了。幸太郎，不許再提這事了。明白了就回房去睡吧。明天可是大日子。」

父親不肯再告訴我更多。

我沒有回臥房，而是穿上草鞋外出。我用提燈照亮腳下，穿過樹林裡的獸徑。來到古井後，我沿著綁在樹枝上的繩索下了水井。

小雪跪坐在那裡等我。我跳到榻榻米上，小雪便深深地垂下頭來。

「好久不見了，幸太郎少爺……」

「第一次見面，妳就認出我是誰了吧？」

小雪點點頭，說了起來。

「十一歲的時候，我被令尊帶著，前往幫傭的人家……」

小雪說，她因爲想去見被賣到妓院的母親，甩開我父親的手，穿過樹林的獸徑逃走了。父親追了上去，她在古井旁被追上抓住了。她激烈地反抗，我父親一怒之下揍了她。她被我父親強暴，被掐斷脖子，扔進井裡。

幸太郎少爺，一直瞞著你，對不起……

小雪跪著行禮說。

沒關係，我說。

離開古井回到家的時候，天色已經泛白了。一晚過去，今天是下聘的日子。我因爲整晚沒睡，腦袋昏昏沉沉，身體也搖搖晃晃，無法筆直走路。下聘預定中午開始，所以我關在臥房裡，等待時間到來。

「少爺，人都到了，請更衣吧。」

奶娘在臥房外頭說道。我出去走廊，奶娘看到我的臉，大驚失色。我是什麼樣的表情呢？

「幫我傳話，說我準備好就過去。」

我對奶娘說完，前往廚房，從好幾把的菜刀裡面挑出最細最長的一把。進入下聘儀式舉行的大廳一看，許多人都在等我。父親一臉歡欣地向我招手。我走過去，把菜刀刺進他的胸口，頓時大廳裡的人全靜了下來。我未來的妻子臉上塗得粉白，人也在大廳，但她似乎沒有目擊到關鍵的一幕，而是東張西望看著僵住的身旁眾人。

我從簷廊跑出外面。菜刀留在父親的胸口上。可能是幸運地一刀命中心臟，幾乎沒有噴血，拿菜刀的手也只是沾得一片血紅而已。

我穿過樹林的小徑時，鎭裡開始傳來馬嘶聲和人們的喧鬧聲。似乎有許多人在找我。我來到古井，順著繩子爬下去，小雪正在房間角落做針線活。

她看到我，放下布與針，大吃一驚。我張開手，讓她看父親的血。小雪一臉悲傷地靠過來，一把摟住了我的頭。我在她的懷裡抽泣。她安慰著我，肯定我的努力。你一定很害怕吧。她的聲音好冶艷，飽含水氣。我漸漸感覺彷若浸泡在溫暖的水中，呼吸順暢多了。

成爲罪人的我無法再回去地上。天花板的圓洞傳來搜捕我、要制裁我的眾人腳步聲和馬嘶聲。我決定與小雪一同生活。

「他們遲早會發現你潛伏在井裡。」

小雪掀開榻榻米，底下有個漆黑的洞穴，原來水井還延續到地下更深的地方。我一直以爲這個房間就是井底，原來是在洞穴途中卡上橫梁硬是搭建起來的。小雪說她也不曉得更底下是什麼樣的地方，甚至不知道有沒有食物和水。

「我們逃進這下面吧。」

我們兩人一起進了榻榻米，下了洞穴。

我盲目的孩子們啊，你們父親年輕時候的故事就快說完了。

我和小雪爬下漫長的豎坑。邊緣有突出的石頭，我們手腳搆著石頭，一點一點地前進。明明應該是往下走，我們卻在不知不覺間變得像平常一樣站立行走。圓型的洞穴也不知何時變成了四方形的通道，不久後變得像大宅院的走廊般，有地板、牆壁和柱子。我們踩過地板，走在無邊無際地筆直延伸的地方。兩側偶爾會有紙門，裡面傳來人的說話聲、啜泣聲和呻吟聲。我們打開幾道紙門查看，卻不知爲何，門一開聲音就不見了，而房裡一片空蕩。我和小雪在無人的榻榻米房間休息。

隨著前進，周圍的光亮逐漸消失了。即使凝目細看，也看不見小雪的臉，不久後就變成在伸手不見五指的漆黑中前進。黑暗中，我和小雪手牽著手，確定彼此的觸感。我用另一隻手摸索著走廊牆壁，檢查有沒有轉角。

後來牆壁忽然消失，我們來到一座巨大的廳堂。由於一片漆黑，看不出來，但那是一個類似寺院佛堂的地方。四下充塞著線香的氣味，從聲音迴響的感覺來看，天花板似乎高得異樣。我們在大堂裡徬徨了好幾天，尋找出入口。除了我們以外似乎還有好幾個人，黑暗深處聽得到腳步聲和細語聲。我們出聲招呼，卻無人回話，也沒有擦身而過或撞上彼此，只感覺得到有別人在的氣息。我們睡了幾次，後來終於找到出入口，出去一看，卻也沒看見太陽，周圍是嚴絲合縫地密封般的黑暗。我和小雪不知何時脫掉了衣服。因爲什麼都看不見，不需要衣物蔽體。廳堂外的空間不管再怎麼走，都只有沙礫和岩石。有條巨大的河川，伸手一摸，是冰涼的流水觸感。我和小雪憶起了口渴的感覺，喝了河水。河邊一樣有許多人的氣息，有孩子尋找父母的聲音，也有類似老人呻吟的聲音。

我們已經找不到古井所在的地點了。這裡有的只有一片偌大的黑暗，也不知道該往哪裡前進。可是我和小雪無法停留在一個地方。我們每天都在漆黑中前進，直到疲倦，然後在滿是石子的河岸休息。黑暗中，我的肌膚和她的肌膚都失去輪廓並相互融合。沒多久，小雪的肚子大了，生下了你，然後也生下了你的弟弟和妹妹。沒錯，小雪就是你們的娘。

我的孩子們，我唯一遺憾的就是你們沒看過太陽。要恨就恨奪走了晚霞天空的你們父親吧。在荒野徘徊的你們頭上，不會有艷陽高照的一天吧。可是我祈禱終有一日，你們或是你們的孩子能在這片河岸的盡頭找到結實的稻穗，並爲它的芬芳喜極而泣。

3 ／ 黃金工廠

一

村子與工廠之間有一片森林。循著正路去工廠很花時間，可是如果直接穿越森林，應該只要十五分鐘就到了。一天我下定決心，從村郊田地的田梗鑽進了森林。至於我爲什麼會想去工廠，是因爲我想看看在那裡工作的千繪姊姊。只看一眼就好。

我在森林裡面前進，不久便碰到一片生鏽的鐵絲網。裡面好像是工廠用地。我沿著鐵絲網走著，突然聽到一道「噗噢」的低沉聲音響徹四周。一定是排水閥開啓的聲音。鐵絲網旁邊有一塊地面呈缽狀凹陷，斜坡上有陶管突出。那裡突然像洩洪般排出顏色污濁的水來。一定是工廠的廢水。水積在地面的凹陷處，化爲巨大的沼澤。水面浮著一層油，反射著光線，呈現七彩霓虹色，並散發出一股有如果實腐爛的甜膩氣味。我覺得腦袋一陣發緊，人不舒服起來。

眼前有蝴蝶在飛。是被甘甜的氣味吸引過來嗎？蝴蝶搖搖擺擺地穿過我的眼前，最後墜入廢水當中。看在我的眼裡，那就像是廢水的甘甜氣味吸引了蝴蝶。

我以前在兒童科學雜誌上看到過，有一種花會誘捕昆蟲。那種花用甜蜜的汁液吸引昆蟲，把它們誘進構造宛如陷阱的花朵裡面。當昆蟲察覺到時，已經無法脫身，只能就這樣任由身體被腐蝕殆盡，化成花朵的養分。這些廢水讓我想起那種花。

離開之前，我發現腳下有東西在發光。穿透樹葉灑下的陽光照亮了枯葉間的金色小顆粒。那是金屬製的美麗金龜子。

那個叫佐內千繪的女生住在離我家三四塊田地遠的地方。她就像都市的女人一樣化妝，然後去工廠上班。每到假日，她就會到村郊的巴士站坐巴士，去鎮上跟男朋友約會，然後再回來。千繪姊姊的男朋友究竟是個什麼樣的人呢？有一次我跟兩個男生朋友一起偷偷跟蹤她。可是我們沒有錢搭巴士，無可奈何之下，決定攀在巴士後面跟上去。

過橋之前有個三岔路，巴士會在這裡稍微放慢速度，我跟兩個朋友便趁這時跳上車子後面的保險桿。巴士的車背裝了一塊生滿了鏽的看板，我們拚命抓緊那塊看板，免得被甩下來。道路變寬，巴士加速，我們便一個個被甩了下去。朋友尖叫著掉下去，滾著滾著，捲起煙塵消失在後方。後面沒有來車，所以朋友的小命似乎是沒有危險。我一個人緊攀在車子後方，巴士前進了一段路，沒多久忽然停了下來。

到巴士站了。等車的人發現我，驚叫起來。司機下了車，揪住我的後衣領怒罵。所有的乘客都從窗戶探頭看我和司機。

千繪姊姊露出驚訝的表情來。

「怎麼做這種傻事！你不要命了嗎！」

千繪姊姊下了巴士，跟我一起走回村子。途中我們撿回倒在路上的兩個朋友。兩個人都摔得頭破血流。千繪姊姊拍拍他們的身體，從他們的衣服拍出滾滾沙塵。兩個人好像都羞得不敢正眼看千繪姊姊。

「妳不是要去鎮上辦事嗎？」

「得先送你們回家才行。誰曉得你們會在半路幹出什麼傻事來。」

三岔路分別通往村子和工廠。千繪姊姊每天都騎腳踏車來到這個三岔路口，彎進通往工廠的路。

從我小時候就有工廠了。聽說其他地方製造產品時排出的危險物質會送到這家工廠，在工廠處理成無害的物質，再埋到別的地方去。

一到工廠下班時間，就會有許多穿工作服的叔叔嬸嬸魚貫經過田梗回家。很多村人都在工廠工作。穿著職員制服的千繪姊姊也騎著腳踏車經過沙石路而來，車籃裡的空便當盒喀噠作響。

我喊著「喂～」向千繪姊姊揮手。千繪姊姊「啾」地踩煞車，停下車子，於是我跑過去，亮出金龜子給她看。

「這給妳。」

「這是什麼？」

「剛才在森林裡面撿到的。」

千繪姊姊接過金色的金龜子，放在掌中滾動著。

「做得好漂亮，好像眞的一樣。」

千繪姊姊把眼睛湊上去觀察，我則頻頻偷瞄她那個樣子。

「眞的是在森林裡面撿到的？這看起來很貴耶。」

「我在地上撿到的。掉在枯葉裡面。看起來很貴嗎？大概值多少錢？」

「不曉得。這很沉呢。如果是玩具，應該會更輕一點。」

金龜子的表面反射著夕陽，讓千繪姊姊的眼睛就像灑了星星，閃閃發光。千繪姊姊發現我在看她，搖了搖頭說：

「我不能收。你留著吧。」

「咦？爲什麼？收下嘛。」

千繪姊姊是不是發現我對她的感情了？所以才會說她不能收。千繪姊姊把金龜子塞回我手中，雙手包裹住我的手。她的手好冰。

「把它永遠留在身邊。這是你的，要好好珍惜喔。你居然能找到這麼美的東西，真教我羨慕。我一定再也沒辦法找到這麼閃亮的東西了。所以你絕對不能弄丟它。」

千繪姊姊按了一下腳踏車車鈴，踩著踏板遠去了。

二

我撿到的金龜子是耀眼的金色。是什麼人雕刻金屬做成的嗎？可是卻看不到半點刀痕。外殼光滑，腹部分成三塊，有六隻腳，看起來也像是用真正的金龜子鍍金而成的。雖然只有指頭大，但放在掌心一看，卻沉得能把皮膚壓得微微凹陷。這是真的金子嗎？真的金子不可能會掉在森林裡。雖然外觀像黃金，但一定是更便宜的金屬製成的精巧模型。

森林另一頭的工廠伸出無數根煙囪，上面覆滿紅褐色的鐵鏽。白天的時候，頂端會升起灰色的煙柱。由於光線的關係，煙有時候看起來綠綠的，有時候看起來像粉紅色。

一天四次，工廠會發出「噗噢」的低音，聽起來有點兒像牛叫。那是工廠排水閥打開的聲音，聽說是早上、正午、傍晚，還有午夜零時，機器會自動排放出工業廢水。過去我只是聽說過，但今天我親眼看到了排水的景象。

工廠把廢水排到森林深處，在工廠工作的村裡大人知道這件事嗎？一定不知道。大人都說廢水全部被淨化、濃縮成固態，送到其他的土地掩埋起來了。一定是眾多管線中的一根不小心沒有通到該通的地方，就這麼曝露在森林裡吧。

我把假的金龜子放在掌心上滾來滾去走回家，母親發現後逼問我，「這是從哪來的？」

「過來這邊，讓媽媽瞧個仔細。」

母親端詳了金龜子一會兒後，站了起來。她離開家門，開車到鎮上，三十分鐘後回來了。她是去珠寶行還是當鋪，請人檢查那究竟是什麼金屬吧。母親一回家便搖著我的肩膀問：

「你那是從哪偷來的？這是非常貴重的東西啊。」

隔天傍晚放學後，我把母親帶去森林裡，順便溜狗。狗把舌頭掛在嘴巴外，一邊在樹幹撒尿，一邊往森林裡前進。

「媽媽，不用去接爸爸嗎？」

我父親在大學當教授。他每天都搭巴士去鎮上上班。

「你不必擔心。他一定會去哪裡玩玩再回家吧。」

父親每晚都在書房寫東西寫到很晚。即使母親和我在房門口向他說話，他也幾乎不會回頭。我從來沒看過爸爸媽媽交談的樣子。

我們沿著工廠的鐵絲網前往地面呈缽狀凹陷的地方。沒看到廢水沼澤。一定是滲進泥土裡面了。

「就是這裡。我就是在這裡找到金龜子的。」

母親摸索地面，在枯葉裡找到了其他金色的蟲。不只是金龜子，還有蚯蚓和土鱉等昆蟲散發出金屬光澤，埋藏在泥土當中。母親四處撿拾，收進圍裙口袋裡。

「看，這邊比較多！」

我走下之前廢水堆積的凹陷處，用鞋尖挖掘地面。有股水果腐爛的甘甜氣味。我在泥濘半腐的枯葉底下找到無數的蚊子、蒼蠅和蛆。沒有一個是眞的昆蟲，全都是光滑並散發出光澤的黃金。我捏起蛆蟲，它的身體完全是金屬製的，放在陽光下一看，光滑的表面反射出一道銳光。

「全部蒐集起來，放進媽媽的口袋裡。」

看到母親的表情，我心想這一定是眞的黃金。她把我昨天撿到的金龜子拿去鎮上檢驗時，人家這麼告訴她的吧。

母親的口袋已經塞得鼓鼓的了，沉得直往下落。我蒐集了一堆黃金蟲，再放進母親的口袋裡，結果圍裙的布料被扯破了。

袋底破裂，黃金灑了一地。

「我都不曉得原來黃金有這麼重。只是拳頭大的黃金，居然就能把口袋扯破。」

此時我發現有隻黃金蝴蝶掉在地面。看起來像是之前穿越我前面，飛進廢水裡面的蝴蝶。如果是的話，它怎麼會變成黃金掉在地上呢？

四周響起低沉的聲音。是工廠的排水閥打開的聲音。

「媽媽！快點去高的地方！」

我拉扯母親的手爬出窪地，可是我們家的狗慢了一步。埋在鐵絲網底下的陶管發出咕噗咕噗的聲響，緊接著噴出廢水來。廢水猛地傾倒在狗的身上，窪地被浮著油的噁心液體塡滿了。四下蒸氣瀰漫，泡沫在表面迸裂，腐爛般的甜味跟著飄散開來。我們呼叫狗的名字，卻沒有反應，牠依舊被廢水覆蓋著，不見蹤影。

「我們回去吧。一直聞著這個味道，感覺腦袋都要出毛病了。」

我在窪地邊緣呼叫著狗，母親這麼對我說。陶管排出的廢水水勢減弱，不久後只剩下水滴。我正準備聽從母親的話離開時，在廢水中看到閃耀的東西，停下了腳步。

「妳看！」

廢水被泥土吸收，水位逐漸下降後，我看見了形狀熟悉的耳朵。裡面沉著四肢彎曲，感覺隨時都會拔腿奔跑的一隻狗。牠的身體表面沾滿廢液而濕濕黏黏，但每一根毛都是黃金。

一天晚上，我們把動物的屍體放在窪地底部，讓它浸泡在廢水裡。但屍體只是融化腐爛，被吸進了土裡。我和母親發現，工廠排出來的浮著油的廢水，似乎並不會把一切變成黃金。能變成黃金的，好像只有比黃金更具價值的、光輝的生命而已。所以泥土和落葉即使沾到廢水，也依舊維持原狀，動物的屍體也不會變成耀眼的金色。只有會動、會呼吸、有心臟、有靈魂，有父母、有孩子的一切生命，才會被這連看都令人渾身發毛的廢水沼澤變成世上最美麗的金屬。世上除了生命，還有什麼能與黃金的價值匹敵呢？

可是我和母親都錯了。認為生命與黃金是等價的，這根本是妄想。黃金的魔法是虛假的，我們稍晚才認清了這個事實。

三

母親把金龜子還給我了。我把它擺在房間窗口，在睡前玩賞它。月光籠罩下，它在黑暗中散發出朦朧的光。我想起千繪姊姊冰涼的手指觸感。我的黃金是只有指頭大的小金塊。比這更大的黃金非常沉重，實在沒法從森林裡拿出來。

用放大鏡觀察，最上面的翅膀底下有道極細微的縫，連小刀都插不進去。裡面還有一片好薄的翅膀，那也是黃金。我觀察著，不小心折斷了一隻腳。後來我就更小心地對待它。

從森林回來以後，母親用鐵槌敲扁了撿來的黃金蚯蚓。蚯蚓連身體裡面都是金屬的。把它敲成小圓片以後，看起來就不像蚯蚓，完全就是一葉黃金。母親把蒼蠅、蛆蟲和蜈蚣同樣地敲扁，一片片丟進倉庫裡面的農務用麻袋裡，發出鏘、鏘的清脆聲響。

我們養的狗只能就那樣留在森林裡。倒在地上的狗化成了一座巨大的黃金像，憑我和母親的力氣實在沒辦法搬動它半點。

母親每晚都去森林。她不在白天去，是不想被鄰居看到吧。從森林回來的時候，她會把黃金蟲裝在皮包裡帶回來。母親每次都只帶回來一點點，因為如果裝滿整個皮包，她就提不動了。

母親把從森林蒐集來的黃金拿到鎮上去換錢。換錢的時候店家好像檢查過成分，確定是不是真的值錢的金屬。用昆蟲敲打而成的金屬片，不管是用X光分析還是檢查比重，都是毫無雜質的純金。我不知道昆蟲輕盈的身體是經過什麼樣的化學變化才會變成比重極大的金屬。可能是廢水中含有的金屬成分滲入昆蟲的體內，與有機組織結合在一起而變重了。

半夜我和母親兩個人一起去蒐集黃金。我們用手電筒照著腳下，手牽著手進入森林，沿著鐵絲網前進。我們帶著花和點心去祭拜就那樣倒在地上的狗，然後就像撿拾松果、栗子那樣，撿拾著黃金昆蟲。即使是廢水排放以外的時間，窪地的周圍也彌漫著一股甘甜的氣味，蟲子或許就是被這種氣味吸引而來，然後被變成了黃金。這座工廠真的就像一座捕食昆蟲的巨花。

「這座工廠是什麼人蓋的？」

「這座工廠不屬於任何人。」

母親的意思是工廠是屬於公司，所以權利並不屬於任何個人吧。可是我有了更深入的想像。我一瞬間心想工廠是不是就像山川一樣，是從一開始就存在的？在鐵絲網裡面伸展出滿是鏽斑的煙囪，有著老舊水泥外牆的工廠，它矗立在月光底下，就像一頭巨大的生物。

父親沒有發現我和母親在做什麼。我想要把廢水的事也告訴父親。我覺得父親應該會簡單明瞭地向我解釋為什麼會發生這樣的現象。可是母親說絕對不可以告訴父親。

「不可以告訴爸爸這件事。他工作已經夠忙了，不可以讓他再為別的事煩心。」

一天晚上我去了父親的書房。房裡的燈從紙門的隙縫透出來，可是父親不在。桌上散落著文具和論文，窗戶開著，窗簾在風中擺盪。我心想父親可能是去散步了。

隔天早上我放在窗口的金龜子不見了。我的窗戶鎖著，所以不可能是被人偷走了。我心想可能掉在地上，便尋找書桌底下，卻一無所獲。我傷心地去上學。

放學的時候我遇到千繪姊姊。她正從工廠回來，腳踏車籃裡的便當盒喀噠喀噠地響著。她「啾」地停下腳踏車，盯著我看。

「喏，坐上來。」

千繪姊姊說，拍了拍腳踏車的後車座。我跨上去，千繪姊姊慢慢地踩起踏板。我感到害羞，小心盡量不去碰到千繪姊姊的身體。田裡的稻穗在風中左右搖擺。

「千繪姊姊喜歡錢嗎？」

「喜歡呀。」

「那下次我給妳一點。」

「那太好了。」

千繪姊姊半帶嘆息地喃喃應道。

「我得去找下一份差事了。」

「咦？千繪姊姊不在工廠工作了嗎？」

「工廠要關了。」

「工廠要關了？」

「設備很老舊了，而且很多地方好像都已經到了年限。這樣很好哇，那座工廠我怎麼樣都喜歡不起來。待在建築物裡面，那些複雜地纏在一塊兒的管線和通道，讓人感覺就像待在巨大的昆蟲體內似的。我覺得工廠裡的人都是為了讓那隻巨大的昆蟲苟延殘喘而工作的。工廠一定也感覺到自己死期將近了吧。因為最近突然好多地方開始壞掉了，就像昆蟲在垂死之前的痙攣。我正覺得心裡發毛，不想再去工廠了呢。雖然沒有引起話題，可是好像有幾個人因為管線破裂還是閥閥掉落而受傷呢。就像工廠在生氣，向人類復仇似的。」

「向人類復仇？爲什麼？」

「因爲人類讓它誕生在世上啊。或者它原本就是那樣的東西，一種懷著惡意的龐然巨物。」

工廠關閉的話，就再也沒有廢水排出了。

這麼一來，應該就沒辦法再撿到金子了。

母親沉思一陣之後說了：

「只要有一頭牛那麼大的金子，往後就可以不愁吃穿一輩子了。得找到體型那麼大的生物，而且還得是活生生的才行。可是牛啊……牛不是那麼容易弄到手的。怎麼辦才好呢？」

工廠即將關閉的當天早上，我就像平常那樣起床，準備上學。

母親沒有要去買牛的樣子，可是看起來也不著急。她把味噌湯和飯端到我面前說，「快吃。」我從母親那胸有成竹的態度看出來了。母親已經在昨晚把代替牛的生物——比昆蟲體積更大的生命變成了黃金吧。

沸騰的水壺冒出白色的蒸氣。父親的西裝外套掛在椅背上。平常父親總是比我更早出門去巴士站，所以他的西裝外套不可能在家，我感到奇怪。

四

如果沒有弄丟金龜子，就什麼事情都不會發生嗎？如果一直把金龜子帶在身邊，知道黃金的魔法解除的情狀，我應該早就告訴母親了吧。那麼母親一定不會寫信給那兩人，而是會尋找其他方法吧。

我在學校過了一天，事情發生在放學途中。我站在田梗中央，望著森林另一頭的煙囪。依光線有時候看起來像綠色、有時候像粉紅色的煙已經不再升起。也沒聽見排水閥開啟的低沉聲響。

回家一看，母親正拿著鐵槌和鑿子準備出門。

「你回來了。櫃子裡有煎好的魚，你先吃吧。」

外頭天色已經暗下來了。母親提著鐵鎚和鑿子，穿著圍裙走出玄關。

我用完晚飯，在房間裡休息。我檢查書架後面，尋找昨天弄丟的黃金金龜子。我還是沒在任何地方找到我的金龜子。漸漸地，我開始坐立難安，穿上鞋子追上母親。

我從田梗走進森林。我連手電筒都沒帶，穿過黑暗的森林。樹根絆住我的腳，樹枝攔住我的手臂和衣服，想要把我招去。我從枝葉之間看見細細的彎月。那是彷彿散發著寒光的白皙月牙。

穿過樹叢後，就碰到生滿了鏽的鐵絲網。我沿著鐵絲網，朝總是排放出廢水的陶管走去。

母親把什麼變成黃金了？我來到缽狀凹陷的窪地，四下張望，看見月光照耀下，母親站在窪地底部。四周彌漫著腐爛水果的甜膩氣味。吸收了廢水的地面黑得就像外太空。默默地站立的母親腳下散落著點點黃金，表面籠罩著月光，就像灑了一地的星星。

重得搬不動的黃金狗仍然擱置在原地。也有關在籠裡的雞和貓。雞伸展著翅膀變成金色，貓連鬍鬚尖都是黃金。可是母親不顧那些，而是注視著別的黃金。

「我把寫給兩人的信，夾在兩人房間的窗戶。」

母親頭也不回地說，眼睛緊盯著躺在地面的人形物體。

「信裡頭叫他們在這個時間到這個地點來，就像他們一直以來做的。他們還以爲媽媽都沒發現呢。」

母親用鐵槌和鑿子敲下父親的手指。從尖端開始，手指一點一點地化成金屬薄片撒落地面。母親把碎片撿起來，呼氣吹開。

凝固不動的父親懷裡緊抱著千繪姊姊的身體。母親揮下鑿子，敲打千繪姊姊的臉。鏘、鏘的敲打聲中，千繪姊姊的鼻子和耳朵逐漸變得扁平。直到比起臉，更像一團歪七扭八的什麼時，母親才總算停手。

先是千繪姊姊的父母鬧了起來，他們報警說女兒不見了。母親也報警說父親失蹤，引來同情。不久後，千繪姊姊的房間找到日記，警方看到日記內容，認定千繪姊姊是和我的父親一起私奔，遠走高飛了。父親的存款被提領一空，旅行袋也不見了。動手之前，母親似乎已經布置好一切。

經過千繪姊姊家時，我看到她平常騎的腳踏車。腳踏車任由風吹雨打，把手和踏板長出了和工廠煙囪一樣的赤褐色鏽斑。

警方在村裡巡邏搜索的時候，母親沒有進森林。我也沒有靠近森林。我再也不會進去那裡了吧。上學的時候，回家的時候，我再也不會望向那個方向了吧。

我終於找到從窗口消失的金龜子。它就貼附在天花板上。我會找到它，全是偶然。

我躺在床上，正在抹眼淚的時候，看見了倒貼在天花板上的金龜子。

我站起來，凝目細看天花板上的金龜子。它的模樣不是黃金，而是隨處可見的綠色。我把椅子攏到桌上爬上去，總算成功捉到它了。它就是我在森林裡撿到的那隻黃金金龜子，因爲它有一隻腳折彎了。之前我在觀察它，不小心把它的腳折斷了。

輕易得手的黃金，不可能永遠都是黃金。它不可能與地球孕育出來的天然黃金完全相同。

即將關閉的工廠在腐朽之前，想要用自己排出的廢水做什麼嗎？

我想要把泛著綠光動來動去的昆蟲拿給母親看，可是母親似乎去了很久沒去的森林，不在家。天色已經暗了，警察也停止搜索失蹤人士了。我坐在客廳榻榻米上，等待母親回家。

我聽到狗叫聲，開窗看外面，看見應該被丟棄在森林深處的狗在庭院吠著。就跟金龜子一樣，牠也已經不再是黃金，舌頭垂在外頭。

「你還醒著啊。」

沒多久母親回來，看著在外面叫的狗對我這麼說。

母親往倉庫走去。她拖出裝黃金的農務用麻袋，把裡面的東西全抖到地上來。

糰子狀的肉塊從麻袋裡滾出來，發出潮濕的聲音。大小約是兩手合抱，仔細一看，肉糰子裡面還摻雜著人類頭髮般的東西。

母親完成了什麼事。她從森林深處帶回了什麼。

直到稍早前，那些都還是黃金吧。

可是現在卻成了一堆混在昆蟲糰子裡的，潮濕的東西。

「媽媽，那是什麼？裡面摻著像頭髮的東西。」

「不只是頭髮，還有眼睛跟嘴巴。我只帶回了脖子以上而已。一次搬不了全部。」

「我們被那座工廠騙了。好像時間過去就會恢復原狀。」

「好像是呢。好了，今天已經晚了，你快睡吧。不然明天早上會睡過頭，上學會遲到唷。」

「媽媽，媽媽，那是爸爸嗎？還是……」

「就是你爸爸啊。小孩子不能這麼晚了還不睡，去上床躺著等天亮吧。」

「我不要。我覺得早上再也不會來臨了。」

我把金龜子收進口袋裡，溜出家門。

森林裡充斥著一股甜膩的味道，讓人彷彿腦袋麻痺。樹葉死寂了似地靜止不動。

樹影間可以看到煙囪和水泥的巨大身影。感覺那影子的輪廓隨時都會搖晃著隆起，遮蓋住星星和月亮。我覺得它會展開巨大的翅膀，飛上夜空。我不曉得它是從哪來的。這個生物至今爲止一直僞裝成工廠，而現在它找到了它的結婚對象，準備一同離開此地，回去冥界還是某處。

森林深處傳來嗚嗚、嗚嗚的呻吟，那似乎是千繪姊姊的聲音。

我停下腳步，再也無法前進半點。黑暗深而濃，看不見千繪姊姊所在的地方。就連前方是不是還是森林都看不出來。

有誰能夠保證再踏出一步的地方不是地獄的入口？一旦想像起籠罩在眼前的黑暗深處有個耳鼻都被搗成一團的畸形肉塊蹲踞在那裡呻吟著，我的腳就動彈不得。

金龜子爬出口袋，我還沒來得及抓住，它就飛到我伸手不及的地方去了。

她叫我永遠保存著它。還說我居然能找到這麼美的東西，眞教人羨慕。

她一定發現我的愛慕之情了。我的黃金是只有指頭大的小黃金。比這更大的黃金太重，實在沒法從森林深處拿出來。

她說她一定再也找不到像這樣閃亮的東西了，所以叫我要永遠留著它，不要弄丟它。

指頭大的小金龜子無聲無息地被巨大的黑暗呑沒，再不復返。

4 ／ 未完的雕像

一

少女來訪的時候，師父外出不在，我正在泥地房間磨鑿子，暫時停手到玄關應門。

少女看上去約莫十四或十五歲，穿著寒酸，衣服處處破損。可是她的眼神老成，臉頰到下巴的線條很優美。寒風從玄關侵入進來，我感覺到寒意，雞皮疙瘩爬了滿手臂。

「有什麼事嗎？」我問。

少女瞥了屋內一眼，那動作彷彿在說：跟你說沒用，叫你師父出來。

「我想拜師學藝，女人也能當佛師嗎？」

少女的聲音冷冷的。

「過去我殺了很多人，很快就會被抓去吊死吧。我想在那之前雕一尊佛像留下來。」

我以爲她在說笑。

「師父不在，請回吧。」

可是少女溜過我旁邊，進了泥地房間。她觀察起鑿子、砥石和散落一地的木屑來。

我怕擅自讓別人進屋會讓師父生氣，所以想要揪住少女的手臂，然而她卻像陣風似地輕巧地閃過我的手。

「眞沒辦法，那我在這裡等好了。」

少女滿不在乎地在泥地房間坐下，撿起地上拳頭大的木塊，拿到鼻頭前嗅味道。

「檜木啊？是雕佛像剩下的木頭嗎？我可以拿來當消遣的玩具嗎？」

少女問是問了，卻也不理會我沒有回答，已從懷裡掏出了小刀。

「如果你敢趕我走，我就拿它刺你。」

少女哼著歌說道，用小刀削下木塊的邊角。木屑源源不絕地從她的手中飄落。看不出她有任何要雕什麼的猶豫，刀法也相當純熟。我不想反抗手中有凶器的人，因此嘆了一口氣，繼續磨起鑿子。

一會兒後，一隻小鳥在少女手中完成了。少女把它擱到地面站起來，百無聊賴地伸了個懶腰。

「你師父還不回來唷？眞沒辦法，那我下次再來好了。」

少女回去了。我撿起她留下的木雕小鳥檢視，愈看愈覺得雕得實在精巧，每一根羽毛都栩栩如生，具備柔軟與溫度。我把小鳥包裹在掌中，彷彿可以感覺到它心臟的跳動及冷得顫抖的震動。

那個少女究竟是什麼人？我沒想到她居然能雕出這麼棒的作品，後悔早知道就該跟她多聊聊。我把小鳥放在進門處，繼續回去做自己的工作。

磨完鑿子後，我去庭院打掃，忽然聽到玄關傳來吵鬧的聲音。我走過去一看，是師父從寺院回來了。究竟是出了什麼事？師父把玄關門打開，仰望著天空。

「怎麼了嗎？」

我問，師父愉快地笑著說：

「沒事，有小鳥飛進屋裡來了，我打開玄關趕牠出去，牠便頭也不回地飛上天了。」

我擺在入口的小鳥雕像不見了。

二

「師父說沒有餘裕多收徒弟。」
隔天少女又來拜訪，我把師父的話轉告給她。
「爲什麼？因爲我是女的嗎？」
少女不滿地說。
「師父好像沒法供應太多徒弟吃住。對了，昨天的小鳥雕得眞好。」
「你就沒法雕得那麼棒吧？」
少女一副理所當然的表情。我覺得佩服她的自己眞是個傻子。
「好了，妳請回吧。」
我把少女趕出屋子，關上玄關門，回到泥地房間繼續練習雕佛像。不必幫忙師父的日子，我都會拿起鑿子，磨練自己的技藝。我入門已經近十年了，但每天都在修行。師父幾乎完全不教我，我只能一邊幫忙，一邊偷看學藝。我把鑿子前端抵在木頭表面，用槌子敲打柄尾。木屑掉落，如來佛的手臂又出現一些，一尊不錯的佛像逐漸成形了。
「哦，不賴嘛。」

不知不覺間，少女人站在我身後盤著手臂，盯著我的手看。我沒發現有人開門進來的聲息。

「你本事不錯嘛。」

「妳到底是從哪裡闖進來的？」

「那不重要啦。算了，你就好了，教我怎麼雕佛像吧。我試過依樣畫葫蘆，可是就是雕不好。」

少女從和服的交疊處取出一塊有雙臂環抱那麼大的木塊。那怎麼看都比少女的腰圍還要粗，究竟是怎麼藏在衣物裡的？

「這是什麼？」

「還用問嗎？佛像啊。」

少女取出的木塊呈古怪的扭曲狀，看不出哪兒是頭，哪兒是腳，背上長著類似翅膀的東西，甚至還有鱗片狀的部分。簡直是亂七八糟。

可是那個物體有股奇妙的迫力。那不是佛像，卻也不是廢材。我造訪過各處寺院，看過許多出色的佛像，從知名的佛師作品感受到一種彷彿被引領到另一個境界的震撼。而少女雕出來的物體也讓我獲得了相同的感動。

「我對佛法一竅不通，所以隨便雕了一尊看看。」

少女語氣天真浪漫地說。我決定暫停練習。我這人也有些顛狂之處，好奇她究竟能雕出什麼樣的佛像來？

「妳必須先知道『儀軌』。」

我們在泥地房間的入口排排坐下，我對少女說道。

儀軌是雕佛像時的規矩。所有的佛像的手和臉，幾尺的佛像就是幾寸大，比例尺寸都有規定，表情、服裝和光背每一個宗派也自有規矩。如果不遵守這些，就不會被認可是佛像。

「釋迦如來佛五指分開，掌心向前，中指微微前倒。只要遵守這些制約，妳就可以從木頭裡迎來更美的佛像。」

少女一副難以信服的模樣。

「這樣不好玩啦。我覺得更自由一點雕，才能雕出厲害的玩意來。」

「那樣就不是佛像，而是別的東西了。」

雖然看似受到制約束縛，但世上沒有任何一尊佛像是相同的。不同的人來雕，雕出來的佛像表情也不盡相同，每個時代亦各有細微的差異。儀軌並沒有扼殺佛師的心。

「這下傷腦筋了。我雕得出來嗎？」

少女盤起手臂呢喃，令我感到不可思議。

「妳都可以雕出那麼棒的小鳥了，怎麼會這樣想呢？」

「鳥那很簡單啊，我家旁邊就有真的鳥，只要是看過的東西，我大部分都雕得出來。可是釋迦牟尼佛和阿彌陀佛就不一樣了，我又沒看過。」

「換言之，儀軌就是佛陀的形象。」

「嗳，我試試看好了。」

少女起身回去了。她把她試雕的古怪物體就這樣留在屋裡。

後來少女大概每隔三天就來一次。我教導她儀軌和佛師的派系，也告訴她雕刻之前必須先讓木頭乾燥，否則表面會龜裂，還有必須進行預防龜裂的「內刳」工程。

少女對年紀比她大的我口氣也很簡慢，我一直不知道她叫什麼名字、是什麼來歷。她說她只用過小刀，所以我瞞著師父教她怎麼磨鑿子和用鑿子。我把老舊不再使用的工具送給她，有時候也分一些殘羹剩飯給她。

我偶爾會把練習雕好的佛像與少女留下的古怪物體相比較。我的佛像確實表面工整，如果拿去賣，應該會很受寺院歡迎，信眾也會景仰它、膜拜它。可是與少女的雕像相比，總覺得哪裡美中不足。我逐漸對少女萌生親近之感，然而嫉妒之情也以相同的速度油然而生。

三

「我曾經毒殺過三名旅人，搶奪他們的財物。」

少女在森林深處砍倒檜木。連男人都覺得費勁的工作，她卻駕輕就熟。這裡是少女居住的小屋後方。往森林深處走上一段路，有處檜木群生的地點。我問她都從哪裡弄到木材的，她便帶我到這裡來。從樹葉間灑落的陽光斑駁地投射在樹幹上，是個很美的地方。

「沒多久我就會被抓，然後被吊死吧。有人在追查我。」

少女一面鋸斷樹幹一面說。她沒有使勁的樣子，鋸子卻輕鬆地咬進樹幹當中。

「世人都認為我是個惡鬼。事實上也是如此。」

「別說笑了。」

「是眞的。我是襲擊旅人的惡鬼，還會使妖術。我不是人。」

回到小屋後，少女取出說是她殺害的旅人的衣物和物品。她說她用的毒藥，是以植物的根熬製而成的。過去有段時期她饑寒交迫，覺得總比坐等餓死好，因而對旅人下了毒手。少女居住的小屋位在山路途中，正適合旅人歇腳。少女只要出來招呼聲「休息一下再走吧。」旅人就會進來小屋喝茶。可是說什麼她是惡鬼，簡直是荒唐無稽。

此時和少女住在一起的少年在杯裡倒了茶端來。少年看上去約是五歲左右。我接過茶杯，猶豫著該不該喝。我才剛聽到少女在茶裡下毒的事。結果我沒有喝，把茶杯放回地板上。

送茶的少年和少女不曉得是什麼關係。少女帶我來她家，卻完全沒提到有這樣一個孩子。少年的頭只到我的腰，身上的衣服縫縫補補，對少女十分順從。

「那孩子是妳弟弟？」

「才不是！我沒有家人，也沒有母親，我從一開始就只有一個人。畢竟我是惡鬼嘛。」

少女開始在庭院裡雕起佛像來，我看著她工作的情形。說是佛像，也只是小佛像。少女揮舞鑿子，汗如雨下。她把衣袖捲起，飛舞的碎片彈到臉頰也不在乎，專注而拚命。鑿子前端陷進木頭表面，削下屑片，裡頭徐徐出現人形之物。一開始姿態模糊，但漸漸地輪廓變得清晰，慢慢呈現出不錯的作品樣貌。與我的習作相較之下粗獷許多，可是那狂放的刀法有著難以言喻的深沉，然而少女在途中停手了。她肩膀起伏，劇烈喘息，俯視著應該只差一點就可以完成的佛像。

「怎麼了？」

「不行……」

少女抬起佛像，搬到庭院角落，舉起砍柴的斧頭把佛像劈成兩半，丟到堆積如山的柴薪上。仔細一看，那裡堆的全是未完成的佛像。

「妳做什麼！」

少女似乎尚未完整地雕出過一尊佛像。

「剛才的雕壞了。可是我開始了解儀軌是什麼意思了。我自以為我是自由自在地在雕刻，但愈是雕，就愈接近儀軌。我想要把腦袋裡面的佛像從木頭裡面引出來，結果就冒出你所說的那種形象。或許佛像是不能任意想怎麼雕就怎麼雕的。的確，如果像我這種人也可以隨意雕出佛像來，就不需要佛師了。可是我想即使我戒慎恐懼地謹守儀軌，也雕不出佛像來。因為儀軌似乎只是表面，而不是本質。」

我憎恨少女。她所說的話，是我還無法確實捕捉、切身體悟的。我還在佛像的表層徘徊，然而少女卻似乎已經掌握到深處的精髓了。我跟著師父修行了近十年，少女卻以快上我好幾倍的速度進步著。

傍晚了，我準備回去了。小屋裡的少年領在前方為我帶路。我問他叫什麼名字，但他只是面無表情地回看我，一聲不吭。真是個古怪的少年。

我和路上碰到的村人閒聊。

這一帶好像真的發生過幾次旅人失蹤的謎案。而旅人的親人現在似乎也經常在這一帶走動，調查家人究竟出了什麼事。

「倒是你帶著的這孩子，很像幾個月前病死的鄰家小孩呢。」

村人看到少年，吃驚地說。我說這孩子在森林旁邊的小屋和少女住在一起，村人納悶地歪起頭說：

「那棟小屋有人住嗎？這麼說來，我聽說過許久以前有個孩子被丟棄在那一帶，變成了食人鬼。我家老奶奶經常拿這事來嚇唬孩子呢。」

與村人道別後，我們走了一段路，少年絆到石子跌倒了。「沒事吧？」我想扶起少年，少年卻一動也不動。

他的脖子處有裂痕，看似柔軟的臉頰上則有淡淡的木紋。這時我才總算發現少年似乎不是肉身，而是檜木雕成的。我丟下木製的少年逃走了。

隔天，少女被捕了。

四

她應該早就知道會有這樣的一天。據我打聽到的，失蹤的旅人親屬似乎找上少女家去逼問了。少女立刻坦承殺人，被馬拖著遊街示眾。少女也不抵抗，從頭到尾低垂著頭，隔天傍晚好像就被處以絞刑了。我沒有去看，都是聽人說的。我不想正視少女被拖行遊街的模樣，也不想看到她被繩子勒住脖子懸掛的模樣。

當時的體驗究竟是不是現實？我愈來愈沒有把握了。我可能是在從少女小屋回來的路上打瞌睡，作了夢吧。她雕的東西實在過於逼眞，所以我才會眼花，誤以爲它會動。

無論如何，她所雕的小鳥和少年比眞的更要逼眞。如果少女繼續雕佛像，會發生什麼事？她能從木頭裡迎來比眞的更要逼眞的如來或菩薩嗎？

假設被賦予比眞的更要逼眞的形體的小鳥和少年眞的動了，或者那是錯覺也罷，如果少女雕出了如此逼眞的佛像，會怎麼樣呢？就像鳥和少年的雕像那樣，少女完成佛像的話，佛祖也會眞的降臨世上嗎？

一天我在寺院幫忙師父幹活。向晚時分師父結束工作，我們喝著寺方端出來的茶，聽到了奇妙的傳聞。前來寺院的街坊鄰人在談論被絞死的少女。少女被吊死已經過了五天，平常的話，屍體早被烏鴉啄食了。

然而這次卻不知爲何，烏鴉沒有靠近少女的屍體。不僅如此，少女的屍體甚至沒有腐爛，肌膚就像生前那樣維持著彈性。

「官吏覺得訝異，也好好地把脈檢查了，但聽說人眞的是死了。沒有脈搏，心臟也停了。大家都說可怕，剛才才把屍體放下來埋了呢。」

我湧出一股疑念，站了起來。

少女住的小屋已無人居住，有遭人侵入、翻箱倒櫃的痕跡。沒看到我送她的鑿子和槌子，小屋後面的大森林裡傳來鑿木頭的空空敲打聲。

我一路上被樹根絆著，跑進森林深處。少女就在前些日子砍檜木的地方。她的臉頰凹陷，面色蒼白。這五天之間，她幾乎沒吃過什麼像樣的東西吧。她眼眶泛黑，看起來就像一腳踏進棺材的病人，可是獨獨瞳眸燦然生輝，緊握著鑿子的手和纖細的肩膀散發出熱度。

「我就在猜你可能會來。」

少女沒有看我地這麼說。她正在用鑿子雕刻檜木，仔細一看，周圍掉落著幾尊未完成的佛像。

「他們把別的東西當成我帶走了。大家都以爲那是活的，其實只是木頭呢。」

「被吊死的那個是……」

「因爲我完全沒睡。」

「妳的臉色很差。」

「我有個朋友是寺院住持，我請他把妳藏起來吧。」

「你要協助殺人犯逃亡？可是還不行，我還沒完成。」

少女轉向木塊。大小約是雙手合抱，才剛開始雕而已。

「這是最後一個。所以你再等一下。」

少女再次揮舞鑿子。結果她仍未完成任何一尊佛像。她一定是無法放下牽掛吧。揮舞鑿子的聲音在森林迴響，我聽見鳥兒振翅飛逃的聲音。風也停了，漸漸地，生物的氣息從周圍消失，一片寂靜的空間裡，只有削木頭的聲音持續著。對於少女，我已經沒有前些日子落荒而逃時的恐懼了。我待在她的身旁守候著。

少女彷彿著了魔。她的眼睛向著木塊，卻彷彿在看其他的地方，焦點渙散。那副模樣幾乎形同幽鬼。少女揮下鑿子，就彷彿拂開了落在佛陀肩上的木屑，讓佛陀圓潤的肩膀浮現出來。

接著鑿子前端拂掉佛陀手臂上的木屑，從衣物皺褶間剔除檜木碎片。隨著木塊裡的佛陀現身，我漸漸地坐立難安起來。逐漸雕刻完成的似乎是一尊釋迦如來佛。少女看起來就要如同小鳥與少年那樣，把身在他處的聖佛迎接到現世來。

我不知道少女心中是否還有儀軌，但她就要完成的物體，形姿比我過去看到的任何一尊佛像都要和諧。少女不斷地雕刻著，沒有一抹偏差、一絲錯誤，從木頭當中顯露出來的那個形姿，與其說是初次看到，更像是許久以前就已經熟知。少女懷著某種確信地雕刻著，不允許纖毫失手。一旦失手，木頭裡的釋迦如來佛就會立時消失無蹤。

少女的臉上浮現狂態，可是肉體似乎追趕不上。我在一旁看著，知道不眠不休地雕刻的少女肉體已經瀕臨崩潰。就好似鑿子的聲音一響，少女的生命也跟著被鑿下一塊。

結束唐突地造訪了。那一瞬間，森林宛如斷線般靜了下來。在樹木之間迴響的鑿聲消失，四下一片死寂，幾乎令人耳朵失靈。

只差一步就要完成的時候，少女停手了。如來佛身上還罩著一層薄布般的檜木。儘管全身散發出慈光，尊貴的容貌卻仍曖昧模糊。

鑿子與木槌從少女手中落下，她癱坐在地，眼睛在周圍徬徨了一陣。不久後她雙手覆臉，開始啜泣。這意料之外的轉折令我驚訝。剛才還充滿少女全身的力量已煙消霧散。取而代之，我面前的少女就像一個平凡的孩子。

少女顫抖著嬌小的肩膀抽泣著。她語帶嗚咽，開始訴說起父母的事，尤其是母親陪她玩耍的事。她還告訴我爲何她會落得孤單一人生活，還有殺人的經歷。少女緊握著我的手，就這樣昏迷過去，我揹著她離開森林。途中，少女在我背上只轉醒過一次。她喃喃了什麼之後立刻又沉默下去，就此不再甦醒。

少女究竟是惡鬼還是人子？我終究還是弄不明白。或許在即將完成之前，少女已經先一步目睹了如來佛的尊容。然後少女終於得償所願了。

我拜託認識的寺院埋葬並供養少女。容貌曖昧的佛像則保留在我手中。如果我替少女雕好佛像的容貌，當成自己的作品發表，我一定能一舉成名吧。可是我沒有這麼做。若是雕壞了容貌，原本呼之欲出的如來佛也會瞬間消失無蹤。它會淪爲人類所雕刻的、單純的一級品。所以我讓它維持著未完成的模樣。少女在雕刻之前沒有讓木頭乾燥，也沒有挖空內部，因此沒有多久，表面便出現裂痕，失去了少女剛雕好時的那種神聖了。

5 ／ 鬼物語

一

「阿婆，妳要去哪裡？」
「去一下溪谷就回來。」
「不可以，那裡不可以進去呀。」
「是啊，如果在溪谷吵鬧，會引來可怕的東西。」
「阿婆，我可以跟妳去嗎？」
「你想被鬼吃了嗎？」
我留下小孫子，前往溪谷。不久前，我的胸口就疼得厲害，知道自己不久於世了。那樣的話，就進入那櫻花溪谷，再也別回來了吧。我要在那美得不像這個世界的櫻花天幕下，一邊喚著那孩子的名字，一邊往裡面走去。

二

今年的櫻花花瓣眞是紅得詭異——少女拉扯著哭泣的弟弟的手，這麼想著。聽說鄰近的國家曾經有過戰爭，或許是當時流下的鮮血甚至染遍了這塊土地，被櫻花的根吸收了。飄落的花瓣沾在弟弟的破衣裳上，看起來就像染上了血滴，她趕忙拍掉。

「姊，對不起，我眞的不想去山上。」

弟弟抽抽噎噎地說。

「沒關係啦。什麼試膽嘛，眞是蠢透了。外公不是說了嗎？那座山裡面住著鬼。雖然我也不曉得是眞是假。」

村裡的孩子們結伴到山上去了。少女和弟弟也被邀約，但弟弟怕得直哭，所以她沒有跟去，結果被大家狠狠地嘲笑了一頓。少女和弟弟是雙胞胎，長得有些相似，但性情南轅北轍。少女從來不哭，弟弟卻能一天哭上十幾次。跌倒了也哭、花枯了也哭、姊姊被人笑他哭、看到土鱉蜷成一團他也哭，地上有洞也能把他給嚇哭。這麼愛哭的孩子實在少見，少女心想，用不了多久，這傢伙哭出來的眼淚就能積成一條河了。

姊弟倆會被其他孩子欺侮，應該是由於她們的身世。姊弟的生父不詳，母親自從年輕時候在河裡溺了水就精神失常，三餐、更衣和大小便都是外公在照顧。一天，母親的肚子突然隆了起來，然後姊弟出生了。

少女讓總算停止哭泣的弟弟在櫻花樹下坐好，嘆了一口氣。風一吹，血滴般的花瓣便紛紛飛落。

黃昏時分，孩子們的頭載沉載浮地順著小河漂了過來。小河從山上流下來，穿過村子中間。河面上，孩子們的頭就像念珠般成串漂浮著。村人們把頭一顆顆拾起，母親們抱著孩子的頭，開始號啕大哭。是上山去的孩子們的頭，一顆也不少。村人們到處尋找，卻找不到孩子們頭部以下的身體。少女看著村人們鬧哄哄的樣子，心想幸好沒上山去。

「好險、好險，萬一我們也跟著去，可能也會落得那種下場。」

少女說，弟弟哭哭啼啼地說：

「好可憐，好可憐，怎麼會變成那樣？」

「你別哭啦。那些傢伙不是老是欺負你嗎？」

「姊姊妳太奇怪了。妳怎麼能滿不在乎？」

弟弟看著聚集在河邊的人，不住地嗚咽。少女心想：我這弟弟眞是怪到家了。

「那不是熊幹的，是鬼幹的。太可怕了，太可怕了。」

外公說，抱緊害怕的母親肩膀，一塊兒發抖。

「可是大家都說是被熊吃了。」

少女一口喝光代替晚餐的白湯。

「大家都不信有鬼，可是外公看過的，外公看過那傢伙恐怖的模樣。那傢伙回不去原本的地方，無計可施，只好在山裡頭住下。外公的娘就是被那傢伙殺死的。」

少女瞄了跪坐在一旁的弟弟一眼。外公一說起鬼的故事，弟弟就開始抽噎，一直哭到現在。

「不要嚇人啦，你看，你又把這傢伙嚇哭了啦！」

少女用拳頭敲了一下地板。少女家位在村郊處，簡陋得強風一吹就會傾斜，因此這一拳把地板木片給敲歪了。

入夜以後少女還是睡不著覺，於是她離開被窩，眺望夜空。緊貼在山腳的村中人家被月光照亮，孩子們死去的山朝著天空聳立，那身影在黑暗中更顯得黝黑。外公說山裡住著鬼，但傳聞說山裡住的是大熊，不過村裡沒人看過。而且那不是普通的熊，是會攻擊、殘殺同類的凶猛惡熊。

村長說，曾經有村人半好玩地進入山裡，發現了熊的屍體，那頭熊的身高足足有人類兩倍大。從屍體殘破四散的模樣推斷，似乎是遭到巨大的動物捕食。比熊還要巨大、還要強壯的動物，那能是什麼？結果村人竊竊私語地談論說，那應該是殘害同類的巨熊。

少女感到一股寒意，身子一個哆嗦。她覺得高牆般聳立的山彷彿在凝視著她。她感覺那裡好像有什麼。晚上的時候，有時山的方向會傳來簡直像是另一個世界的咆哮聲。少女回到屋內，鑽進被窩，看見弟弟正在旁邊哭泣。

「姊，晚上出門很危險的。」

「你哭個什麼勁兒啊？」

「我擔心妳啊，可是我怕得不敢動。」

正準備入睡的時候，山的方向傳來了那種咆哮。大家都說那是風聲。那跟狼嚎或狗吠聲都不同。豎耳靜聽，聽起來像是在說話，有時候也像是念經或啜泣。弟弟不安地緊握住少女的手。

隔天，少女像平常那樣跟弟弟玩耍，村人們到村長家去集合了。好像是要召開會議。少女緊貼在村長家牆上，偷聽裡面的談話。

「這臭小鬼！誰准你們偷聽的！」

一個大人發現少女，跑出屋外叫道。

「有什麼關係，人家想聽嘛。」

「你們不是村裡的人，是妳的瘋娘被外人搞上的野種，你們的外公也只會瘋言瘋語說什麼鬼。這瘋子一家人，快點滾出村子去！」

村人說，用力推了弟弟的背一把。弟弟跌倒，少女怒火攻心。

「你們都去死啦！」

又有其他村人從村長家跑出來，一起捕捉少女。少女掄起木棒，想要打走他們，但弟弟被人架住，她沒法反抗了。

「反正你們其中之一就是我們的爹吧！是哪一個！你嗎！還是你！」

少女一個個瞪過去，但村人一點都不在乎。他們根本不怕小孩子。

可惡！少女在心裡咒罵。

「住手。快回家去吧。」

村長走出來訓道：

「回去告訴你們的外公跟娘。剛才已經商量定了，今晚要在山裡放火，把大熊燒死。所以孩子們，快回家吧。」

三

「要體恤他人，不可以棄弱者不顧。要讓這塊被詛咒的土地重生，就只能靠這樣的心念了。」

我跟朋友吵架坐在河邊，母親在我身旁坐下說。母親輕柔地撫摸我滿是擦傷的臉，一臉悲傷地站起來。

「妳要去哪？」

「外公他們在賞花，你也一起來吧。」

溪谷那裡傳來笛聲。我站起來，和母親一起往溪谷走去。從村子望去的日出方向有座山，山腳下是一片櫻花溪谷。我和母親走在田埂上，一路上向村人打招呼。母親兩手抱著托盆，上面盛著賞花要吃的糰子。山上流下來的小河上有橋，經過橋上時，魚跳出水面拍打出聲響。

「娘，妳看，是魚耶！」

母親回望我，瞇起了眼睛。陽光反射在河面上，照亮了母親的側臉。

村郊是一片斜坡，可以俯望溪谷。我感到一陣頭暈目眩。數不盡的櫻花樹密密麻麻地延伸到另一頭，同時怒放著，整座溪谷簡直成了一片翻騰的櫻花海。

「看，整個地上都是櫻花！今年的櫻花格外鮮紅呢。」

我喃喃道，母親默默地點頭。花瓣的顏色帶著紅。母親開始走下溪谷，我也匆匆追趕上去。

村裡的爺爺奶奶在櫻花樹間鋪上草蓆賞花。每年到了這個時期，攜家帶眷來賞花已經成了村裡的習俗。其他人等工作結束就會過來吧。

「這酒是誰買的？」

我問外公。外公用醉紅的臉回說：

「全村一起買的。因爲弄到了一筆錢。」

「錢？」

「發生戰爭，死了很多人，橫屍遍野。眞是可憐吶。村裡的人分頭把他們身上的鎧甲刀劍剝下來拿去變賣，賣了很好的價錢。來吧，慶祝嘍，慶祝嘍。」

外公吹起笛子，吹出教人耳底發癢的音色。母親放下糰子，眾人爭先恐後搶了就往嘴裡塞。有人被笛聲誘得起身開始跳舞，場面愈來愈歡樂，我也不知不覺間跟著大家跳起舞來。

母親跪坐在草蓆上，凝視著溪谷深處。

「娘，妳在看什麼？」

「剛才那邊傳來鳥兒同時飛起的聲音。」

旁邊的大嬸聽到母親的話，回過頭來說：

「可能是有村人迷路了。我們在這兒飲酒作樂，他應該馬上就會聞聲而來吧。對了，酒快沒了，可以麻煩妳去村長家再拿些過來嗎？」

「好的。」

母親站起來，回村子裡去了。我又跳舞跳了一陣。村裡的年輕人戴著面具在櫻花樹下唱歌，其中有個人踩著色彩鮮艷的紅木屐。認識的孩子們都滿臉歡欣，四處奔跑。笛聲裊裊不絕地在溪谷中迴響著。

我覺得口渴，拿起斟了酒的杯子。我從來沒喝過酒，被它的氣味嗆著，吐了出來。不過我還是喝掉了一半，覺得身子有點熱烘烘的。

一個孩子停下腳步，直盯著溪谷深處看。

「怎麼了？」

「裡面那邊有人。」

櫻花樹林一直綿延到遠處。確實有個類似人影的東西。是被笛聲吸引過來的嗎？影子看似正往這裡走來。原本被飛舞的花瓣遮掩得朦朧的輪廓逐漸變得清晰。

「櫻花林另一頭有人過來了。」

「好高的人。頭頂都碰到樹枝了。」

「咱們去看看吧。」

穿著紅木屐跳舞的面具男帶著幾個孩子朝人影奔去。我也想追過去，但兩腿搖搖晃晃，跑不動。是跳舞跳累了，剛才又喝了酒的緣故吧。我對人影失去興趣，坐到櫻花樹下，等母親回來。不知不覺間，我昏昏沉沉地打起盹來，赫然驚醒時，笛聲已經停了。

近處傳來類似樹枝折斷的聲音。

喀哩、波哩、啪吱……

剛才還在跳舞的人全都一臉茫然地怔在原地。他們沒有踏步，也不拍手了。每個人都看著我坐的櫻花樹後面。

喀哩、波哩、啪吱……

這些聲音裡面，還摻雜著液體滴落的聲音。除了充斥周圍的酒味以外，還有另一股腥膻撲鼻。我正準備回頭，地面猛然一晃，周圍的花瓣如大雨般傾瀉而下。

有個巨大的東西站在樹後面。我發現剛才那一晃，是那傢伙踏出腳步震出來的。我坐在樹下仰望那傢伙。那傢伙沒有穿衣服，頭在幾乎可以碰到樹枝那麼高的地方。他把手中的東西塞進嘴裡，上下挪動巨大的下巴咬碎。

啪吱、波哩、喀哩……

水從他的嘴裡噴出來，濺在我的臉頰上。伸手一摸，手染紅了。看起來是鮮血。那傢伙嚼的是一條人腿，腳上套著鮮紅色的木屐。

那傢伙沒發現腳下的我，朝大人走去。大人想要逃走，但那傢伙跑得飛快。他抓住大人，就像小孩子把蟲捏死那樣，接二連三擰斷他們的脖子。

四下幾乎再也沒有東西會動時，那傢伙總算發現我了。那傢伙撼動樹木灑落著花瓣，朝我走來。擋住他去路的樹，他手一揮就掄倒了。如果是遮到臉的樹枝，他就忽視前進。

我動彈不得，仰頭直望著那傢伙。那傢伙的頭部到背部生著鬃毛般的黑髮，彷彿叢林般堅硬，裡面藏著兩根牛角般的角。

那傢伙伸出姆指，靠近我的臉。巨大的指腹跟我的頭差不多大。他似乎打算把我的頭按扁。當我發現他的意圖時——

一隻瓶子飛過來擊中那傢伙的後腦勺碎裂，裡面的酒潑灑出來。是母親站在那傢伙身後。母親看著我，像平常那樣瞇起了眼睛。

「快逃。趁著鬼沒注意你的時候。」

那傢伙轉向母親，一掌握住了母親的身體。他就這樣把母親的身體抓起來，用姆指和食指把頭壓進去，把母親的身體壓成了一小塊。

我跑走了，活下來的只有我一個人。村裡的人不信有鬼，私私竊語說散落一地的屍體是被熊攻擊的。我很好奇鬼是從哪裡來的。沒有多久，山裡開始傳出神祕的咆哮，我知道鬼在那裡住下了。

四

我遇到「罕人」，是正在把捕魚用的竹籠放進河裡的時候。

他下馬來，看著我的手說：

「原來如此，只有一個出入口，魚游進籠裡就出不去了是嗎？」

罕人腰上插著刀，我看出他似乎是個武士。可是他衣著骯髒，還破了洞，看起來不像權高位重的人。他笑吟吟地向吃驚的我問：

「姑娘，可以帶我去村長家嗎？」

前往村長家的途中我問了：

「你在旅行嗎？」

「我在追捕逃犯。有個在遠地城鎮做了壞事的人逃進這帶的山裡頭了。不過這村子還眞多坡道呢。感覺能練出一身好腿力。」

他牽著馬走著，仰望山上。這天山在陰暗的天空底下呈現黯淡的顏色。

罕人在村長家談了一會兒。村人聚在村長家周圍私私竊語著。罕人從村長家出來，看到群聚的村人吃了一驚，看到我便湊了上來。

「剛才多謝妳帶路。我會在村長家住上一陣子。」

「咦，眞的嗎？罕人，那你要小心唷，這村子裡的人對外地人都很壞。」

村人用冰冷的眼神看著他離去了。

「罕人？什麼叫罕人？」

「就是你呀。意思就是稀罕、罕見的人。大家都這麼稱呼來訪村子的外人。」

從那天開始，罕人就在村長家住下了。

「那個逃犯做了什麼呀？」

「殺人劫財。鄰村的人看到他進了山。沒多久他就會想念食物，從山裡出來吧。」

我在河裡放籠捕魚，和罕人說話。蝴蝶跳躍似地在河岸飛舞。

「在他出山之前，你要做什麼？」

「邊睡午覺邊等。」

「武士還眞悠閒呢。」

隔天我和父親在田裡種苗，罕人過來說要幫忙。父親說不能讓武士做這樣的粗活。

「讓他做嘛。反正他也沒事幹。」

我把種苗塞進罕人手裡，罕人細心地一棵棵把根埋進土裡。忙完農活後，罕人和父親在田梗坐下。看來父親正把他平時的吹牛內容——有鬼住在山裡的事告訴罕人。

那是父親小時候碰上的事，許多村人在村郊的櫻花溪谷被熊殺死了。我的奶奶也遇害了，父親是唯一的倖存者。

「那根本不是熊。盛開的櫻花另一頭，有鬼迷路誤闖了進來。鬼回不去原本的地方，就在那座山裡住下了。」

罕人沒有嘲笑父親說的話，讓我覺得很感激，因爲村裡根本沒有人願意好好聽父親說話，害得父親變成了一個老頑固，我們一家在村裡也孤立了。母親死後，父親一直顯得很寂寞。

「你在追捕的逃犯，一定已經在山裡被鬼吃掉了。」

罕人捏著小鬍子，仰望山上。

「可是怎麼會有鬼呢……？」

「是報應。我們剝下戰死武士的鎧甲刀劍拿去變賣，所以遭到了報應。這座村子被詛咒了。」

罕人皺起眉頭瞪著父親說：

「村人會提防身爲武士的我，就是這個緣故嗎？」

如果被發現村人從死去的武士身上奪走鎧甲刀劍，不曉得會遭到什麼樣的懲罰。對罕人來說，這村子的人一定就像是蠶食家人屍體的禽獸。他瞪著父親，握住了刀柄。我見情勢不妙，挺身擋到父親前面說：

「放過我們吧，那是上一代的人做的事了。」

罕人沉默了半晌，不久後用力搔著頭站了起來。

「好吧。倒是妳這姑娘還眞有意思，居然不怕被砍，捨身保護父親。」

從此以後我和罕人變得要好了。他每天都來我家，一起坐在簷廊說話，或幫忙農務。一天他讓我騎他的馬，結果我摔下馬去受傷了。他揹著我回到家門口時，夕陽把天空照得一片火紅。被罕人揹著的樣子沒被村人看見，讓我鬆了一口氣。因爲如果被看見，不曉得會被傳得多難聽。

「以後見面的時候，最好不要讓別人看見。」

我說，罕人點點頭。我們在夜裡碰面。我在村郊無人理會的荒廢小屋，在寒風中顫抖著等他來相會。

「願意跟我說話的，還是只有妳們父女而已。」

「大家都希望你快點離開。」

「爲什麼你們肯接納我？」

「要體恤他人，不可以棄弱者不顧。要讓這塊受詛咒的土地重生，一定就只能靠這樣的心念了。爹說，這是我奶奶留給他的遺言……」

月光照亮罕人的臉。我感覺我被注視著。貓頭鷹停駐在樹枝上，啼叫不休。牠在月光下伸展開羽翼，裹住了夜晚，將夜晚緊擁懷中。

一天早上，捕魚籠裡撈到了一塊和服破布。我把它拿給罕人看，他的表情沉了下來。

「是逃犯身上的衣物。」

河川的上游在山裡。逃犯果然潛伏在山上。可是爲何只有衣服的破布順水流下呢？

罕人想了一會兒，把刀子整理了一下，開始朝通往山上的路走去。

「或許他受了傷，無法動彈。我確認一下。」

「萬一他抵抗就危險了。我跟你一起去。」

「不行，妳留在這裡。」

罕人斥阻我，一個人去了山裡。我被留下來，和父親一起整理田地。我等了一段時間，然後才追向罕人。父親問我要去哪裡，我只說我馬上回來。

入山之後路變窄了。這條無人行經的獸徑兩側有植物包夾上來。我避開倒下的樹木，爬上岩石斜坡。樹木之間偶爾會露出在底下變小的村子。

「罕人，你在哪裡！」

叫了也沒回應，我擔心起來。萬一他被熊還是什麼襲擊了怎麼辦？獸徑有好幾條，我盡量挑河邊的走。既然逃犯的衣物順水流下，罕人應該也會沿著河邊調查才對。

不管再怎麼走，看到的都只有草叢。我覺得我被吸進了深山的懷裡。小飛蟲撲進眼睛，用手臂撥開的樹枝彈回來打到臉頰。然後我的腳被突出地面的樹枝絆倒，滑落了斜坡。身體總算停住的時候，一股腐臭突然撲鼻而來。

我聽見河水激烈的沖刷聲。蒼蠅飛舞，蛆覆滿了地面。周圍有什麼東西散落了一地。我發現那似乎是人類的屍體，頓時作嘔欲吐。從勉強可以分辨出來的衣物形狀，我認出那是一具人屍。如果不仔細辨認，那完全就是一大團的蛆。

「不要看，把眼睛閉上。」

回頭一看，罕人正站在那裡。我似乎放聲尖叫，讓罕人循聲找到了我。他抱緊我的肩膀，直到我不再顫抖。

我們離開屍體一段距離，好半晌說不出話來。剛才那些屍塊，一定就是罕人在找的罪犯。衣物的花紋和河裡找到的一樣。他一定是被熊吃了。

「下山吧。回程是這邊，對吧？」

罕人撥開樹枝，邊走邊問。

「不知道。我幾乎沒進過山裡。」

「妳爲什麼來了？」

「我有事想跟你說。」

「等回去以後再說就行了啊。」

我和罕人幾乎是邊走邊吵。我心想如果碰到可以休息的地方就停下來，卻沒有一處平坦，漸漸地，獸徑的樣子開始變得不對勁。

走在前面的罕人不必撥開樹枝也能前進了。他也發現這件事了。

「這一帶的樹木都被弄倒了。看，連那麼高的地方樹枝都斷了。」

他指著頭頂。高處的樹枝斷了。

「有巨大的東西通過這裡。」

我們變得沉默寡言。變得容易行走的獸徑，生物的氣息逐漸消失，也聽不見鳥啼聲了。天空開始烏雲罩頂，感覺隨時都會下雨。陰暗的雲中也傳出隆隆悶雷聲。我們應該是朝著山下走，卻一直沒看見村子。

背後的樹叢傳來草葉搖晃的聲音。

「剛才後面有聲音。」

「是心理作用。不要回頭。」

罕人對我說。他的聲音很緊張。我們加快了腳步。後面有東西，而且跟著我們。有種被盯著看的不舒服感覺。我在連自己都沒意識到的時候流下了眼淚。我們闖進了絕對不能闖進來的地方，被絕對不能被發現的東西發現了。樹木傾軋、倒下的聲音緊追身後。

「是心理作用。不要回頭，快跑！」

我們跑了出去。很快地，穿過岩石路之後來到了一處斷崖，是死路。崖下是湍流，我們動彈不得了。

那裡像是某種巢穴，動物的骨頭堆得像座小山。在隆隆河水聲中，雨開始下起，雷開始響起。閃電劃過的瞬間，一道巨大的影子投射在我們眼前的岩石上。那個影子比我們大上好幾倍，一股動物的膻臭味突然籠罩上來。每當那傢伙踏出一步，整座山就跟著震動，地上的小石子跳動起來。罕人要我躲到岩石後面，拔出刀來。

「我有事要告訴你。」

我對罕人說。

「我可能有身了，是你的孩子。」

跟在我們身後的不是熊，而是人型的巨大之物。由於過於龐大，看起來就像山長出了會動的手腳。

父親說的沒錯，那就是鬼。它的站姿、走路方式異於熊那類動物，就跟人類一樣。那傢伙揮手朝罕人打來。罕人閃避，拳頭震撼了地面，把山的一部分擊出裂痕。罕人砍向那隻手，可是刀刃沒有砍進去，而是被彈開了。我怕得無法動彈。雨勢變大，雨點敲擊在岩石上。

鬼甩著頭髮想要抓住罕人。那傢伙的臉完全就是人的長相，卻平板無表情。脖子像馬一樣粗，全身抹了油似地反射著光芒。

罕人因爲天雨腳滑，逃跑時遲了一步，右腳被怪物抓住了。它抓起罕人，一口啃住他的腳，挪動下巴嚼了起來。罕人揮砍鬼的臉，切開了鬼那宛如岩石的嘴唇，然而鬼一點都不痛的樣子。罕人被鬼撕下一條腿吃完後，掉到地上來。

「快逃！」

罕人大叫，緊接著腰部以下被鬼的右腳踏扁了。罕人吐著血，使盡最後的力氣把刀子刺進鬼的腳踝。這次刀子總算刺了進去。鬼一次又一次蹬腳，想要甩掉刀子，但罕人緊刺不放。最後罕人被抹在地面，臉和頭變得一片稀爛，面目全非，但身體依然緊抓在鬼的右腳上。鬼沒有疼痛的樣子，但罕人的刀陷在腳踝裡就這麼折斷了。看來刀刃的前端留在鬼的體內了。

我爬出岩石後面。鬼那雙漆黑的眼睛從散亂的長髮間注視著我。他的眼睛就像兩個深洞。我跳下懸崖，墜入湍流，被浪濤吞沒。河水灌進鼻子和喉嚨。拜託，我變得如何都無所謂，可是請保住這孩子。我的身體，我的心變成怎樣都沒關係，只求我的孩子活命。我沉入泡沫之中。泡沫迸裂消散，最後是一片漆黑。

五

日落以後，山就像塗了墨汁般暗了下來。少女開門一看，村子中央升起了火焰。是村人拿來柴薪正在生火。火光從那裡朝著山上點點延伸出去。男人們手持火炬行走著。他們要放火燒山，連同殘殺孩子的大熊一起燒死。

「外公，開始了。」

少女從泥土地房間朝屋裡說。外公、母親和弟弟都在家裡頭發抖。

「太可怕了……」

外公用滿是皺紋的手覆住了臉。

「我不曉得那是熊還是鬼，可是順利的話，一定可以把壞東西燒死的。倒是我可以去附近看看嗎？」

「姊，不可以去。我好怕唷。怎麼可以把山全部燒掉？太殘忍了。鳥和蟲全都會被燒死的。」

弟弟緊抱住母親的胸懷哭泣著。少女嘆了一口氣。鳥和蟲與自己何干？但弟弟似乎就是沒辦法不理。欺負人的壞孩子全死光了，往後的日子快活了，但這傢伙究竟要哭哭啼啼到什麼時候？

母親撫摸著哇哇大哭的弟弟的頭，一臉驚恐地前後搖晃身體。她是察覺了村子裡的空氣異常緊張吧。聽說在生下少女和弟弟之前，母親曾失足滑落河川，被村人發現沉在水裡，幸而救回了一命，但從此以後母親就再也不會說話，變得和花朵及蝴蝶一樣。母親同時懷了少女和弟弟，但不知道父親是誰，就這樣產下了孩子。

「沒事的，媽媽，很快就會結束了。」

少女對母親說。母親露出一種「妳是誰？過來這邊。」的表情。少女喜歡母親，可是現在好奇心更勝過一切。

遠方傳來木柴燃燒爆裂的聲響。少女留下三人，再次外出。火已經放了，山腳的樹林燒了起來。火焰擴散著奔上山去的景象，即使在遠處也看得一清二楚。好想在更近一點的地方看個仔細。那會是多麼驚人的情景啊。少女回望家裡，確定外公和弟弟都躲在屋內，跑了出去。

群聚的村人臉龐被巨大的篝火照得通紅。有人仰望燒起來的山，興奮不已，也有人狀似不安。少女覺得這好像一場祭典，開心極了。山上的樹木燃燒倒下的聲音震動空氣，捲起的火星化成漩渦被吸上天空的景象壯觀無比。大人把木棒插進篝火中做成火炬。接到火炬的人一個接著一個走進山裡放火。爲了用火焰包圍大熊，他們似乎決定在數個地方同時放火。少女覺得碰上這場駭人的火災，管它是熊還是鬼，肯定都不堪一擊。

山腳激起一團更爲壯觀的火星。可能是有巨木燃燒倒下了。少女離開篝火旁，移動到看得更清楚的地點。山上有熱風倒灌下來，距離還很遠，卻感受得到那股灼熱。

火災的喧囂聲中開始混進了異樣的聲響。聽起來像是人的慘叫，但因爲太遠，加上火焰熊熊燃燒，聽不眞切。一定是颳風的聲音吧。

有人從山那裡跑了過來。好像是去放火的大人之一。少女手中沒有火炬，但森林大火把四下照得明亮，勉強可以看見。大人連滾帶爬，朝村子跑去。是出了什麼事嗎？少女跑了過去。

「怎麼了？你沒事吧？」

在村郊處跑到男子身邊時，少女發現對方的模樣非比尋常。男子倒地，劇烈地喘息著，即使少女走過去，他也沒有抬頭。
「出了什麼事？熊死掉了嗎？」
可能是火勢太強，被火燒傷了。
「……不是熊。」
男子牙根打顫著抬起頭。他的眼珠睜得老大，卻完全不是在看少女。仔細一看，男子的腳下是濕的。少女嗅到血的味道。男子有一隻手不見了。衣襬底下垂掛著古怪的東西，好像是內藏。男子口中噴出大量的鮮血，然後在地面一趴，一動也不動了。
要發生不好的事了。少女把男子的屍體留在原地，回到篝火處，把死訊捎給眾人還有看著山的村長。一開始沒有人相信，但少女把眾人帶到村郊的屍體處，村長頓時臉色大變。
死去的男人妻子趴在屍體旁哭起來。究竟是發生了什麼事？少女想起男人跑過來之前，有一片格外盛大的火星噴起，接著她聽到類似慘叫的聲音。她把男子的遺言告訴村長，但似乎沒人了解那究竟要表達什麼。汗水淌過背後。雖然不明白爲什麼，但少女感到不安。
「有人來了。」
村長看著山喃喃道。山腳出現一個人影。是個高個子、體格魁梧的人。

因爲背對熊熊燃燒的山，人影輪廓顯得格外清晰。可以確定不是村人，因爲村裡沒有人個頭那樣龐大，但看起來又不像是熊之類的動物。少女一陣毛骨悚然。其他人似乎也是如此，全都默不作聲。雖然不清楚那究竟是什麼玩意兒，但肯定是絕對不能靠近的駭人之物。用不著確認，就知道它很危險。剛才那男人說的「不是熊」三個字在腦中不停地打轉。人影背著火焰逐步逼近。那個模樣完全就是祖父所說的鬼。

村人一個接著一個逃了出去。村長也不見了，那裡只剩下少女和緊攀著丈夫屍體的女人。

「快逃吧，妳丈夫已經死了。」

少女搖晃女人的肩膀這麼說，但女人不肯離開。

人影步伐緩慢，但確實地朝村子裡走來。已經近到可以看到五官的距離了。看得到那長而蓬亂的黑髮，還有在火焰映照下油亮的皮膚。體格就像牛或馬。它似乎是穿越火海而來，全身冒著滾滾黑煙。

人影每踏出一步，地面就隨之撼動。

那是鬼，少女悟出外公說的全是眞的。

少女丟下女人，遠離該地。

她沒有回家，而是躲進村郊的廢屋。不一會兒，她聽見女人的慘叫。廢屋位在高處，所以從門口探頭，可以一眼望盡全村。在丈夫身旁哭泣的女人一腳被鬼抓住倒吊起來，接著活生生地被左右撕成兩半。慘叫很快就停了，只剩下山林燃燒的劈啪聲。鬼扔掉女人的屍身，砸壞附近的人家。房屋冒出煙塵化爲碎片，在屋裡發抖的夫婦和孩子被鬼發現了。鬼抓起孩子扔進口中，嚼了幾下吞進去。然後它用指頭各彈了夫婦的頭一下，兩人的頭「啪」、「啪」兩聲，陸續爆裂。鬼砸壞下一戶人家，抓起裡頭的老夫婦，扭斷扔在周圍。然後它破壞村長家，抓住倉惶逃跑的村長衣物，猛力揮舞。像這樣玩了一會兒後，把村長的身體抹碎在旁邊的岩石上。

　村裡慘叫四起。鬼沒有要接近少女躲藏的廢屋，所以她心想如果繼續躲下去，應該可以逃過一劫。鬼毫無節制地殺人，女人或小孩都沒有例外。曾經給過少女糖果的村人也被鬼踩扁，成了地面的一片污漬。曾經陪少女玩耍的慈祥老婦也被鬼一掌拍下，「砰」地爆裂。它一定就是這樣的生物吧。沒有理由。就像傳染病一樣，只知道奪人性命。

　鬼殺死了約一半村人的時候，有個小小的人影站在依舊燃燒的篝火旁。鬼把剛擰下的頭扔進口中，然後回望那個小小的少年。少女懷疑自己眼花了，衝出廢屋。站在篝火旁的，是少女的弟弟。

弟弟仰望著鬼哭泣。鬼巨大的拳頭就要擊碎他的身體瞬間，少女飛撲上去，撞開了弟弟。少女和弟弟雙雙滾開，重拳陷進地面，天搖地動。少女把弟弟拉起來，抓住他的手跑出去。

「你怎麼會在這裡！」

少女大叫，但弟弟只是不住地嗚咽。少女咋舌。一定是因爲自己一直不回家，他才會擔心地跑出來找吧。

背後的地面一個震動，回頭也沒看見鬼的蹤影。

「上面！」

弟弟大叫，緊接著周圍暗了下來。少女抓住弟弟的手往前滾。鬼的龐然巨軀從天而降，砸毀周圍的人家著地了。少女站起來，確定自己和弟弟還活著。煙塵散去後，巨大的黑影就緊跟在兩人身後。鬼的肩膀和頭頂堆積著粉碎的房屋碎片，俯視著他倆，用沒有感情的漆黑眼瞳盯著他們。接著鬼灑下房屋碎片，朝少女揮出手去。如果被打個正著，絕對會粉身碎骨。少女往後滾，勉強躲過，拉起弟弟的手跑了出去。鬼一面破壞房屋一面追趕上來。

「惹他生氣了嗎？」

「怎麼會變成這樣……？」

弟弟嗚咽著問。是報應。少女在心中回答。賣了死人的東西，拿賣得的錢飲酒作樂，才會遭天譴，活該被懲罰。我們的子孫後代，永遠都會被詛咒追殺。

來到寬闊的地方後，少女和弟弟朝著與家相反的方向跑去。如果往家裡去，會危害到外公和母親。弟弟也總算是沒有跌跤地跟了上來。仔細觀察，鬼在跑的時候似乎會護著右腳。看來他的右腳踝一帶受傷了。

「鬼也會受傷啊。」

所以即使是小孩子，也能勉強甩開鬼的追殺。少女感謝自己的幸運。

鬼穿過田地追上來。少女和弟弟在村郊的斜坡上停步。淹沒整座溪谷的櫻花樹林在森林大火照耀下盛開著。今年的花瓣帶著紅，顏色很奇妙。風一刮，所有的櫻花樹都搖晃起來，看似整座溪谷正活生生地蠕動著。整片地面起伏搖盪，就像要把人引誘到哪裡去。

「妳記得外公說過的話嗎？」

弟弟俯視著溪谷說。

「嗯，那傢伙是從櫻花林誤闖過來的。還說那年的櫻花也是紅的。」

背後傳來撕裂夜晚般的轟響。鬼張著血盆大口，仰天咆哮。震動粗壯的喉嚨發出的聲音震耳欲聾，彷彿天空都在震動。是平常聽見山裡傳來的那種聲音。

「你回村子去。」

可是弟弟雖然像平常那樣哭哭啼啼，卻搖頭不肯聽從。鬼逼近而來，沒時間爭吵了。少女無計可施，帶著弟弟下了斜坡。

溪谷中，無數的櫻花樹綿延到遠方。不管怎麼走，櫻花怒放的樹林就是看不到盡頭。

「好亮唷。」

弟弟邊跑邊仰望說。

「是被山裡的大火照亮的吧。」

「可是花瓣好像在隱隱發光。」

這麼一說，仔細一看，儘管是夜裡，花朵卻顯得鮮明無比。紅色的點點花瓣以明晰的色彩覆蓋在他們頭上，美麗得就像靈魂都要被吸走了。少女甚至停下奔跑的腳，忍不住看得出神。她聽到背後樹枝折斷的聲音，才回過神來。鬼一邊破壞枝幹，一邊追趕上來了。

兩人往溪谷深處跑去。櫻樹林沒有終點，愈往裡面，周圍的模樣就愈形詭異。原本聽得見的森林大火的聲音消失，靜得耳朵發疼。花瓣消失在另一頭的夜空，星星、月亮和雲朵都消失了。兩人奔跑在漆黑的黑暗深淵。不知不覺間，紅色的花瓣變得飽含水氣。拂開掉在衣服上的花瓣，便留下了赤紅的污漬。就彷彿每一片花瓣都浸染著鮮血。每踏出一步，地面就跟著「滋」地滲出血水。腥風宛如生物般黏膩地纏裹全身。奔跑途中有東西抓住她的腳踝、拍打她的肩膀。但停下腳步四顧，又空無一物，萬一被鬼的腳步聲追上就糟了，所以也不能長久停佇。櫻花樹幹奇妙地扭曲，好幾棵看起來就像人形。我們接近鬼的故鄉了——少女邊跑邊想。要是就這樣繼續深入，一定可以去到鬼原本所在的地方。

頭上滴下血來，弄髒了肩膀。櫻花瓣不知不覺間化成了血滴，在枝頭綻放滴落。地面是一片血泊，讓少女的腳一滑。跌倒的地方正好有一塊長槍似地突出的石頭，讓她扭傷了腳。她立刻爬起來要跑，卻痛得無法動彈。

「可惡！」

鬼的腳步聲從背後接近了。鬼每踏出一步，震動就搖晃樹木，灑下血雨。少女爬著躲藏到樹幹後面，弟弟擔心地蹲在旁邊。不用多久，鬼就會來到這裡吧。它一定會發現少女和弟弟，像對付村人那樣，把他們擰成兩段殺掉。少女好不甘心，同時怕得牙關都咬不緊了。可是她最擅長的就是忍住不哭。至今爲止，她一直都在練習著不要流淚。她覺得如果自己哭了，弟弟就會不安。所以在村裡，即使受人欺侮，她也絕對不哭。

「我們好像闖進奇怪的地方了。」

少女裝作沒事的樣子，對弟弟說。

「看那個……」

弟弟擦著眼淚，指著附近的天空說。那裡有隻美麗的青色蝴蝶在飛舞。

「那是常停在河邊的蝴蝶。在這裡折回去，一定還可以回到村子裡。」

「對，你一個人也好，回去吧！只要繞點遠路，應該就不會被鬼發現！」

不小心把弟弟一起帶來，是少女唯一的牽掛。眞應該把他留在半路的。

「回去吧！那傢伙就快來了！姊姊會引開它的注意力！」

弟弟站起來。他的表情就像平常那樣哭哭啼啼，卻對少女搖了搖頭。

「我喜歡大家，我也喜歡姊姊、外公跟媽媽。」

弟弟看了少女一會兒，走出躲藏處。弟弟朝著鬼的方向大叫，「喂！」

少女想要阻止弟弟，但她的腳跛了，只能拖著腳走。來到近處的鬼發現弟弟，開始追趕。

弟弟朝遠離少女和村子的方向跑了出去。朝著櫻花溪谷的深處再深處，逐漸遠去。

少女呼叫鬼。但鬼沉迷於追逐眼前的孩子，似乎沒聽到少女的叫聲。

兩人的背影在櫻樹林之間遠離，在黑暗中淡去，終至消失無蹤。

少女哭著朝村子走去。

明年、後年，櫻花依舊會盛開吧。風一吹，就會像生物般搖擺、蠕動吧。沒有笛聲、沒有飲酒作樂的人，溪谷每年都將沉寂無聲吧。

每年櫻花一開，就到溪谷找弟弟吧。在美得如另一世界的櫻花天幕下，呼叫沒歸來的弟弟名字吧。可是有時也會忽然害怕起來，在中途折返吧。

少女回望弟弟消失的方向心想。如果聽到我的聲音，就回到聲音這裡來吧。我會在這美得宛如另一個世界的櫻花天幕底下，永遠呼喚著你的名字。

6／關於鳥與天降異物現象

一

我住的地方位在山腳，周圍森林環抱。旁邊有條正好可以登山的路，一到假日，就會有許多揹著背包、全家出遊的人從都市前來健行。有時候我也會在家門口被叫住問路，但如果對方是男的，我就會緊張得無法好好答話。我很怕跟異性打交道，連跟班上的男同學都沒法好好說話，總是為此苦惱。

一個秋天的日子，我從國中放學回家，提著書包站在庭院凝目細看。一開始遠遠地看到它時，我以為是壞掉的黑雨傘被風颳起，勾在屋頂上。那個東西一動也不動，而且全身漆黑，甚至看不出哪裡是頭、哪裡是腳。我看到大量脫落的羽毛隨著枯葉一同飛舞，才推測出那似乎是一隻巨鳥。

我把這件事告訴在書房工作的父親。我的母親在我小學的時候過世了，我和父親兩個人住在一起。父親是我唯一可以正常說話的異性。

「有像烏鴉的東西卡在屋頂上。」

父親中斷寫到一半的小說，上了閣樓。閣樓平常都拿來當儲藏室，父親很久以前愛用的打字機和留有母親回憶的各種物品，都罩著一層灰收藏在那裡。父親從窗戶爬上屋頂，回來的時候，懷裡抱著一隻頹軟不動的黑鳥。垂下的翅膀長得幾乎拖地。

「可能是被什麼動物攻擊了。」

鳥的身體到處都有爪痕般的傷痕，黑色的羽毛之間沾滿了血液。鳥還有呼吸，身體很溫暖，但沒有要睜開眼睛的樣子。後來我一再回想起這一天，但直到最後還是不清楚這隻鳥爲何受傷、是被什麼攻擊了，還有牠是從哪裡來的。

我們把鳥放在後車座送到動物醫院，鳥保住了一命。醫生說翅膀骨折，可能要花上一段時間才能恢復飛行能力。醫生治療著那隻鳥，同時納悶不已。他翻開鳥類圖鑑，比對頭型和翅膀、鉤爪的形狀，但似乎還是無法查出那是哪一種鳥。由於全身覆滿了漆黑的羽毛，乍看之下很像烏鴉，但喙的形狀和眼睛很像老鷹。父親問醫生，「有沒有可能是新品種的鳥？」醫生笑說，「不可能。」醫生的見解是，新品種的鳥才沒那麼容易就發現。

這天晚上，纏滿繃帶的鳥關在向動物醫院要來的銀色籠子裡休息。我們打算照顧牠，直到它恢復到能夠再次飛翔。沒有任牠自生自滅，是因爲這隻鳥身形碩大，長相英武。

「讓牠死了太可惜了。」

父親這麼說。

一到夜晚，我們家周圍便會變得悄然無聲。距離最近的民宅也在三公里之遙。偶爾會聽到的聲音，就只有樹枝在風中搖擺的吱嘎聲，還有貓頭鷹在沉思的咕咕聲。父親決定搬到這裡，是爲了專心寫小說。

深夜，樓下的聲音把我吵醒了。我離開被窩，穿上拖鞋，盡可能躡手躡腳地走下樓梯。鳥休息的籠子放在玄關。冬季已近，所以夜裡很冷。我發著抖，從走廊探頭看玄關，發現纏著繃帶的鳥在籠子裡撐起身體，用嘴巴啄著銀色的籠子。牠瞄準籠門的金屬開關啄著。在我看來，那動作像是要弄懂開關的構造與存在意義。

鳥發現我，停下了動作，直勾勾地回看我。我第一次看到牠雙眼睜開的樣子，完全被牠迷住了。牠的眼睛是清澈的青色，就像兩顆寶石嵌在那裡。我走近籠子，鳥便盯著我的動作，表情像在問我是誰。

我戰戰兢兢地對牠說話：

「你的傷還好嗎？」

鳥只是微微偏頭，沒有啼叫，一直到我離開，都靜靜地待著。

我和父親沒有給牠取名字，是爲了避免移入感情，到時候難分難捨。如果知道我們會一起住上三年之久，一定會爲牠起個好名字的。我們都叫牠「鳥」、「那隻鳥」。知道牠是公的，有時候也會用男性代名詞叫牠。我只要待在異性旁邊就會緊張，但鳥畢竟不是人，跟牠待在一起也沒問題。

父親一天一次，會把放水和飼料的盤子放進牠居住的籠子裡，然後每隔幾天就帶牠去動物醫院換繃帶。即使從籠子裡面放出來，鳥也不會掙扎。牠從來不用嘴喙啄人的手，也不會用鉤爪抓人。牠的身高有我們的腰部那麼高，張開羽翼，有近兩公尺那麼寬，所以萬一牠大鬧起來，室內一定會被牠搞得天翻地覆吧。但牠的表情總是十分溫馴，彷彿悟出我們不會加害牠。

因爲把牠放出籠子也不會逃跑，不知不覺間，我們便把牠放養在室內了。牠用兩腳站立，合攏著傷口未痊癒的翅膀，像企鵝一樣走動。牠一走動，爪子就會在地板上敲出喀喀聲。

一個月過去，翅膀的骨頭癒合了，我們把牠放出庭院看看情況。鳥舒暢地沐浴著陽光，慢慢地伸展翅膀。牠做出準備運動般的動作，搧起風來，把落葉從地上颳起。

我和父親在一旁守候著，猜想牠可能會就這樣飛走。可是鳥拍了一陣翅膀後，回頭看了我們一下，又匆匆走進家中，就像在說，「快點回溫暖的屋裡吧。」

然而牠有一項奇怪的能力。有一次我躺在客廳的沙發看電視，我想換頻道，但搖控器丟在三公尺外的地板上。我正猶豫要不要從沙發站起來去拿，聽見走廊傳來喀喀腳步聲。

鳥一走進客廳，便筆直朝電視搖控器走去，用嘴喙靈巧地叼起。我看著牠在幹麼，結果牠走到我所在的沙發，叼著搖控器伸向我。

「……謝謝。」

我啞然地接下搖控器，於是鳥就彷彿達成任務似地，踩著喀喀腳步聲離開了客廳。

牠反覆著相同的行動。

比方說我在廚房煎荷包蛋時，牠會叼來胡椒罐給我。父親在洗澡時，如果忘記拿換穿的內褲，牠會特地去父親的房間叼來給他。

「可能是野性的本能使然吧。有點像是母鳥叼餌給雛鳥的行動。」

父親這麼解釋鳥的行動。我覺得難以置信。

「可是我又沒說我想要搖控器。」

「或許牠有類似心電感應的能力。當我們想要什麼的時候，會發出特別的腦波，而牠接收到這樣的訊號。」

我不認爲鳥能夠理解電視搖控器、胡椒罐、內褲這些物體的意義。不過鳥會把我們腦中浮現的物品送來給我們。就像送子鳥叼來嬰兒那樣，那隻鳥會叼來我們想要的東西。

父親在家裡寫小說，所以比起要上學的我，與鳥相處的時間更長。父親把鳥當成兒子一樣疼愛，鳥也非常親近父親，甚至會主動鑽進他的臂膀裡。即使傷勢痊癒、可以飛行了，牠仍舊賴在我們家裡。就算牠從窗戶飛出去，也一定會在夜裡回來，總是睡在閣樓裡。父親改造了閣樓窗戶，弄成可以輕易用鳥頭頂開。鳥似乎對父親心懷感謝。或許牠是在意識朦朧的狀態下聽到父親做出「讓牠死掉太可惜了」的決定。

父親在書房工作時，鳥會來到他的椅子下，定定地仰望父親。牠會在椅子下蜷成一團睡覺，就像那裡是牠的專屬座位。我和鳥就像姊弟或是兄妹，在父親的翼護下生活。

鳥在我家定居過了三年，我高中二年級的時候出事了。父親突然死了。是被闖進家裡的小偷殺死的。

那天我利用寒假，計畫一個人去祖母家，但快出發的時候，我煩惱起該把觀葉植物的盆栽擺到哪裡。不久前我在房間種了一盆小小的觀葉植物，我希望我離家的時候它能放在日照良好的地方，所以決定把它放在書桌上。因爲就算房間關著，還是有些許日光從窗簾隙縫照到書桌上。

可是我就要擺上盆栽的時候，手撞到桌上的玻璃相框，掉到地上打破了。相框裡的照片是母親在世的時候，我們親子三個人一起合照的全家福，我覺得這是個壞兆頭。

父親開車送我去車站。鳥也在後車座直看著我。我只是要去祖母家住上一星期，沒想到在車子前面揮手這一別，我和父親竟就此天人永隔。

抵達祖母家，我放好行李，在房間裡休息。我和祖母喝著茶閒聊起來。

「你們還養著那隻鳥嗎？」

祖母來我家玩過幾次，也見過那隻鳥。

「有一次我在找眼鏡，那隻鳥竟然幫我叼過來呢。」祖母笑道。

隔天上午，警察打電話來了。

二

發現的是送報員。玄關門大開，他看到屋內擺飾品倒落，覺得不太對勁而報警。

我和祖母一起回到鎮上，在醫院與父親再會。即使呼叫，父親也沒有睜眼。父親的身體上，胸口開了一個小洞。是被子彈穿過的洞。

我和祖母在醫院的長椅相擁而泣。我知道遲早會有離別的一天，可是我以爲那是還很遙遠的未來。

我和祖母搭乘警車回家時，在車裡聽到目前查明的一些事實。

昨晚有人侵入家中，在物色值錢物品時被父親發現，兩人在書房扭打起來。歹徒持有手槍，在極近距離射殺了父親。此外客廳牆上也有兩處彈痕，四周有鳥的羽毛散落。警方推測是歹徒向鳥開槍，但沒有發現鳥的屍體。

我家周圍停了好幾輛警車，正在勘驗現場。可能是父親身爲小說家小有名氣，也有幾輛轉播車前來。我家所在的山腳森林冷得幾乎凍寒，風一吹，樹枝便搖晃發出吱嘎聲。群聚而來的人們吐著白色的呼吸，看著我和父親以前居住的家。我和祖母下車來到門口時，媒體的鏡頭全都轉了過來，閃光燈不停地閃爍。

我仰望天空，其他人也跟著抬頭。冬季的天空覆蓋著灰色的烏雲。一隻黑鳥展開巨大的羽翼，慢慢地在屋子上空盤旋。看起來像烏鴉，但頭和翅膀肖似老鷹。它沒有停在屋頂，像是在尋找什麼似地不停打轉徘徊。

我知道鳥在找父親。牠在尋找脫離了肉體消失的父親靈魂。

親戚和祖母幫忙籌備喪禮。每個人都同情我、擔心我。雖然也稍微提到遺產的事，但我還不是能討論那種事的心理狀態。

警方在追查強盜的下落，但仍然無法鎖定歹徒。幾樣貴重物品從家裡消失了，像是母親生前持有的飾品、父親的手表這類東西。我的房間也有人侵入的痕跡，但或許是判斷不值得偷，並沒有東西不見。

親戚和警察等等，有許多人找我說話，但面對男人我還是會緊張，說不出話來。平常熟知我個性的父親會站在我旁邊支持我，可是父親已經不在了。祖母和嬸嬸、堂兄弟姊妹都不曉得我這麼害怕異性，所以已經沒有人會幫我了。也因爲悲傷，結果我在他們面前連一句話都說不出來。

父親過世的那一夜起，我在祖母家寄住了一陣子，但我很擔心鳥，便決定一個人搬回家。在祖母和親戚等人安排下，父親遇害的書房被打掃乾淨了。媒體的車子也不見蹤影，一到夜裡，寬廣的家中便被寂靜所支配。

再次返家生活後，有時我會聽到屋頂傳來振翅聲。鳥似乎會穿過閣樓的鳥專用窗，偶爾回到屋裡。可是自從那天起，鳥就幾乎不再現身我面前了。

有時我在外頭行走，會看到黑色的影子掠過空中，但鳥不會飛到我身邊來，也不會用爪子發出喀喀聲像企鵝般走來。以前的話，都是父親準備飼料給牠吃，但現在牠似乎會自己在其他地方自食其力。

山腳下的透天厝一個人住實在太大了。在話聲消失的室內，我沒有交談的對象，就這樣過了好幾天。我的精神狀態每況愈下。由於父親留下來的存款，水電都繼續供應，但我就是沒有食欲，有時候癱在沙發上就這樣過了一整天，因此擺在房間的觀葉植物也枯掉了。我把泥土和枯株丟到外頭，把空掉的缽盆收進閣樓。

祖母很擔心我，偶爾會打電話來。高中的朋友和老師，還有跟父親有交情的出版社人員也會連絡我。面對男人，我連講電話都會支支吾吾，覺得很難熬。可是我告訴大家我沒事，漸漸地開始覺得我真的沒事了。

看看鏡子，臉頰不知不覺間凹陷下去了。我心想不吃點東西會死掉，翻了翻冰箱裡面。幾乎所有的東西都過期了。我正煩惱著，屋頂傳來喀噠、喀噠的聲音。

有東西晃過廚房窗外，掉到地上。我靠近窗邊仔細一看，一個水蜜桃罐頭掉在地上。

我穿上拖鞋撿起罐頭，仰望天空。沒看到黑色的翅膀，可是一定是鳥送來給我的。牠把罐頭丟到屋頂上，一瞬間就消失到遠方天際去了吧。我不曉得牠從哪裡弄來這個罐頭，水蜜桃罐因爲掉到屋頂上，被撞出些許凹痕來。

後來鳥雖然沒有現身，但總會敏感地察覺我想要什麼，丟東西下來。那行動就像叼來電視機搖控器、或拿眼鏡給祖母一樣，宛如覓餌來餵養雛鳥的母鳥。

我在森林裡散步，心想好想來點零食時，路上就「咚」地掉下糖果。包著薄薄一層塑膠紙的糖果，是父親與我常吃的商品。

我出門去鎮上買東西，在回程的巴士站排隊時，發現錢包裡沒錢坐巴士。怎麼辦？我正感爲難，突然聽見鏘啷啷的聲響，幾枚硬幣掉在腳邊。我立刻仰望天空，卻沒看見鳥展翅滑翔的身影。

無論是糖果還是錢幣，我都不曉得牠究竟是從哪裡弄來的。或許是在某處的店鋪，趁著收銀人員不注意的時候從天而降，叼了送過來的。那應該是偷竊行爲，但鳥應該無法判斷善惡吧。而且也沒聽到有小偷鳥出沒的傳聞，所以或許牠偷得非常巧妙，沒有被任何人目擊到。

我在便利商店買了杯裝冰淇淋，想要坐在公園的長椅吃，卻發現店員忘了把湯匙放進袋子裡。此時一支銀色湯匙從天而降，在距離我不到五十公分遠的地方發出聲音掉落。我已經習慣這種現象了，所以滿不在乎地撿起來，拿到旁邊的水龍頭洗一洗。我用湯匙舀起冰淇淋吃著，目睹一連串異象的約五歲小女孩驚訝地張著嘴巴，交互看著我和天空。

進入二月，爸爸的哥哥，也就是伯父來訪。

他是公司老闆，從事家具進口業。我從以前就不喜歡這個伯父。至於爲什麼，事情要回溯到十年以前。

當時我七歲，伯父硬是親吻了我。我覺得那應該不是出於親愛的行動，因爲他先確定周圍有沒有人，而且我從以前就感覺到他看我的眼神怪怪的。我很怕，不敢跟父母說。後來時間過去，伯父可能以爲我忘了那些事，可是即使到了現在，我只要看到伯父的臉，還是會厭惡得渾身發抖。

過去我曾被男生告白過幾次，可是每次我都逃走了。面對男人時，我總是感覺到一股不可捉摸的恐懼。對異性的這種感情，肯定是伯父造成的。

伯父坐在客廳沙發，喝著我泡的咖啡。他的左手中指戴著品味低俗的戒指。他一邊撫摸咖啡杯，一邊打量著我，問了一陣我過著什麼樣的生活。

別說是答不出話來了，我甚至緊張到在椅子上僵成一團。可是伯父不理會，一個人說個沒完。跟父親以外的男人在一起時，我幾乎都是這樣，所以看在伯父眼裡，我的樣子應該是和平常無異吧。

伯父來訪是爲了父親遺產的管理問題。父親的作品權利收益應該非常龐大，但我不清楚細節。父親把那些事都交給會計師處理了。我只在告別式見過那個會計師一次，不記得他的長相。

伯父說他前些日子去拜訪那個會計師的事務所，商量遺產該如何運用。

可是若要動用遺產，法律上需要我的同意。

伯父離開家門坐上車子時，對我說，「我們不會虧待妳，錢就交給我們管理吧。」我點著頭，心中卻想著可怕的事。

如果死掉的不是父親而是伯父，那該有多好。

對伯父的厭惡讓我這麼想。可是這個念頭也只有短短一瞬間，我馬上就察覺這念頭太可怕，痛罵自己太沒出息了。伯父的車子離開後，我打掃父親的房間，泡了紅茶，讓自己的心情平靜下來。自從父親遭強盜殺害以後，我一直憎恨著歹徒，所以心靈也在不知不覺間變得荒蕪了。

深夜我睡在床上，客廳的電話響了起來。我揉著眼睛接起電話，是警察打來的，說是伯父沒有回家，家裡正在擔心。

後來過了約三小時，伯父的車子找到了。車子停在距離自家二十公里外的酒家停車場。店裡的監視器好像沒有拍到伯父的身影，所以應該是下了車要進店裡的時候，伯父出了什麼事。

可是這些事，我是一直到很後來才知道的。

伯父失蹤的那晚，放下話筒後，我無法再次入睡。這是個月光清亮的夜晚。我躺在床上想事情，注視著灑進窗簾間的月光。天氣很冷，所以我調高了葉片式暖爐的溫度。

天亮前一小時，凸窗外傳來「叩」，然後東西滾落的聲響。我站起來打開窗簾，尋找聲音的來源。

揉眼一看，我發現從一樓伸展出去的屋頂邊緣卡著一根棒狀的小東西。在月光照耀下，曾經看過的戒指閃閃發光，我才發現原來那是伯父的中指。黑色的羽翼掠過月亮，室內瞬間暗了下來。我穿著睡衣跑下樓梯。

我出到庭院呼叫鳥，但我知道已經遲了。我想一切都已經結束了。我在心底渴望著，於是鳥就像送來銀色湯匙和糖果一樣，帶來我所渴望的東西。

房屋周圍是森林。森林化成一團黑影子包圍著我和庭院。仰望天空，高遠的位置上，泛著銀光的圓月就掛在那裡。天空頂端有樣東西筆直墜落下來，看起來就好似直接從天空生出來的一樣。那東西愈來愈大，墜落到我的腳邊時，發出潮濕的聲響。鮮紅色的飛沫濺上我的臉頰和衣物。從天而降的東西約有拳頭大，是表面光滑濕亮的心臟。

三

每當想起那隻不可思議的鳥，我就會想到偶然在書上看到的某種現象。

那叫做Fafrotskies現象，天降異物，世界各地都有案例。那隻鳥是從哪裡來的？究竟是什麼東西？有一段時期我一直在蒐集資料，希望能找到一點線索。可是結果還是不曉得鳥和天降異物現象是否有所關聯。

Fafrotskies現象就是異物從天而降的現象。

比方說一九八九年，澳洲昆士蘭州羅斯伍德地方有多達上千條的沙丁魚掉落鎮上。一九一八年八月，英國連下了十分鐘之久的乾屍兔雨。而一九五六年，美國阿拉巴馬州奇拉奇地區有鯰魚和鱸魚活生生地從雲間落下。一八〇二年，匈牙利有長達五・五公尺的冰塊掉下。一八八一年，英國伍斯特有重達好幾噸的寄居蟹和玉黍螺落下。一九九六年十一月，塔斯馬尼亞在一夜激烈的雷雨後，一早戶外覆滿了半透明膠狀的神祕物質。人們說那些物體是某些魚卵或水母的幼體。一八七七年，美國北卡羅來納州的農場下了一堆體長約三十公分左右的小鱷魚。他們平安無事地落地，在附近四處爬行。然後一九六八年八月二十七日，巴西卡卡帕伐至聖荷西坎波斯約一公里的地區，天上下起血雨和生肉，長達五分鐘之久。

那隻鳥把伯父的身體叼到別處，又啄成碎片叼了過來。因爲我想要，所以鳥飛來讓它從天而降。我不知道鳥是用什麼樣的方法帶走一名成年男子，也不知道伯父的其他部位被丟棄在何處。我回收了卡在屋頂的手指和掉在庭院的心臟，在地上挖洞埋起來。沾了血的睡衣則丟進洗衣機裡清洗，但我想我應該再也不會穿它了。我連續作了好幾天的惡夢，夢到心臟從天而降。

警方和親戚打電話來，詢問伯父的下落。我好幾次想說出鳥送來的東西，結果還是說不出口。我擔心他們會用獵槍射死那隻鳥，也害怕他們會追究我對伯父的殺意。置身於這種狀況，我才認清自己是多麼卑鄙的一個人。

後來鳥繼續在天空飛翔。牠似乎每三天會回到閣樓休息一次。我好幾次想要上閣樓去見鳥，可是每次都走到一半，就腳步沉重而折返。

我確實很重視鳥。可是一想到牠的鳥喙沾滿鮮血，我就禁不住要害怕。牠的天線敏感地接收到我的欲望，丟下食物和生活用品到庭院，或是趁我不注意時，甚至直接送到廚房來。像是我漫不經心地看著電視，不經意回頭一看，餐桌上不知不覺間多了一盒餅乾，或是一本我一直想看的雜誌。

有時我在床上睡覺，鳥會偷偷過來。然後一早醒來，我看到枕邊擺著一排小小的野花。窗戶開著，是鳥在半夜過來，趁我睡覺的時候把花擺在我旁邊吧。

我打過電話和級任導師商量要在二月中旬復學，但後來還是放棄了。我決定禁止自己外出，關在家裡不出門。我認爲我不該再上街去了。

因爲比方說，萬一我在高中的教室裡，即使只有短短的一瞬間，對班上的哪個同學心生恨意，那會怎麼樣？或許又會發生像伯父那樣的事。我必須盡可能與世隔絕。爲了世人好，爲了我自己好，也爲了鳥好。

鳥送來的糧食一開始我都沒動。一想到那可能是用殺死伯父的嘴巴叼來的，我就食欲全失。可是餓到一個極限，我還是忍不住吃起鳥送來的餅乾和麵包。一旦這麼做，心理上的抗拒也頓時消失，我能夠滿不在乎地去吃了。

我靠著鳥的扶養，過著足不出戶的生活兩星期時，會計師來訪了。

我聽到玄關門鈴聲，把門打開一條縫，窺看外頭的來客。是個年約二十五歲的男性。

父親不在以後，我迫於必要得跟男人說話的狀況增加了。不知道是否因爲如此，跟以前相比，我面對異性時的恐懼淡薄了許多。或許是伯父死去的那晚被血沾污了衣服，成了一種衝擊療法。

「妳好。原來妳在家啊。」

送來的報紙都滿出報箱，散落在玄關口。他俯視著那些報紙說道。

「呃……請問是哪位……？」

雖然比以前好一點，但我還是沒辦法像和父親那樣親近地跟男人說話。可是我努力不要低著頭，而是看著對方的臉說話。

他戴著眼鏡，相貌文質彬彬。我見過那張臉，卻想不起來。他從口袋掏出名片，名字上方印著會計師這個頭銜。

我接過名片的時候碰到他的手，嚇了一跳，弄掉了名片。我退了三步，背貼到牆上。年輕的會計師推推眼鏡，撿起名片。

「對不起……」

我向他道歉。會計師似乎沒有特別介意，還順帶爲我撿起了散落的報紙。報紙因爲丟在戶外，沾滿灰塵，或是被雨打濕了。因此他的西裝袖子都被弄髒了。

我們就站在門外說話。他向我致哀，說明他被交派管理遺產。我隱約想起他也來參加過父親的告別式。或許他也曾向我打了招呼，說了些什麼，但我沒什麼印象。因爲如果有男人站在我面前，我就會低頭只敢盯著自己的腳尖看。

「那天我沒辦法和人交談……」

提到告別式時，我這麼跟他說。

「我了解，任誰都會無心跟人說話的。對了，我有事想請教妳。」

他是要問伯父的事。他說父親過世以後，他接到伯父連絡，說要討論今後的遺產管理問題。可是伯父沒有留下任何交代就失蹤了，令他大爲困擾。

「妳知道他去哪裡了嗎？」

「不，我完全沒有頭緒……」

我說出違心之言。

「希望他平安無事。」

我打從心底對自己失望。會計師輕輕點頭說了：

「這樣啊……那麼我還會再來。」

他行了個禮，就要離開。我忍不住出聲：

「不能用電話談嗎？」

「爲什麼？」

我想到了那隻黑鳥，我希望盡可能過著與人無涉的生活。

「還要到我家來，不是很麻煩嗎？」

會計師搔著頭說：

「不，一點都不麻煩。而且還有很多文件需要請妳簽名。」

他開著車型老舊而破敗的小轎車回去了。

會計師第二次來訪前，我把家中打掃過了。這次他事先打電話通知，所以我沒被嚇到。

距離上次來訪一星期後，他把小轎車停在屋子前，進家裡來了。

我感到不安。萬一我對他萌生任何敵意，或許會發生跟伯父那時候一樣的事。我請他在沙發坐下，準備茶水的時候，豎起耳朵，留意閣樓是否有振翅聲。

會計師拿出有關遺產的大量資料，一一說明。談了一陣公事之後，他看著客廳裡的父親照片說了：

「我和妳父親一起吃過幾次飯。」

會計師告訴我許多他從父親那裡聽來的種種事情。父親和他說的大部分都是與我的回憶，不過裡面也有一些連我都不知道的青澀幼稚往事。父親在酒席上似乎把這些都告訴了會計師。

我聽著他的話，覺得好笑而忍俊不禁，不知不覺間眼中噙滿了淚水。雖然不曉得是從什麼時候開始的，但我即使面對他，也不再緊張了。我沒有僵在椅子上，而是與父親在一起時那樣，心情平靜。

我發現了。我發現心中對他萌生的情感，我從來沒有這樣過。面對男人時，我即使會感到恐怖，也從來沒有過這樣的感情。我甚至已經死了心，覺得一生都不可能喜歡上男人。我覺得是父親在冥冥之中撮合我跟他的。

他要回去的時候，我滿心的依依不捨。他在玄關停步看我，沉默了半晌。感覺就像彼此想要說什麼，或是在等待對方開口。可是他什麼也沒說，一本正經地推推眼鏡，往車子走去。

我感到遺憾，這或許成了契機。

頭上傳來振翅聲。

他打開小轎車的門，就要坐進車裡時，一團黑色的東西飛降到車頂上。那東西的鉤爪發出「卡」的尖銳聲響，掐進了車體。會計師嚇了一跳，僵在原地。

他的鼻頭前方就是鳥的頭。黑色的翅膀與嘴喙，還有青色澄澈的眼睛。鳥微微偏頭，正面凝視著會計師。

「危險！」

我立刻叫道。鳥刺出嘴喙，他幾乎同時拿起皮包當盾牌。我衝出家門，朝小轎車跑去。

「快逃！」

鳥展開巨大的羽翼，從車頂翩然飛起。就像重力在空中突然翻轉似地，鳥筆直地朝著他的頭頂墜落而下。他在千鈞一髮之際跳進車中關上門。我朝鳥伸出手去，抱住似地抓住牠。鳥爲了避免傷害我，停止了掙扎。

「快走！這孩子有點暴躁。」

我對駕駛座的他說。

他猶豫著是否該就這樣開車離去。可是看到鳥在我的懷裡安安分分的，便點了點頭。

「那隻鳥好像跟妳很親。這麼說來，妳父親提過你們救了一隻受傷的鳥……」

會計師發動引擎離開了。鳥在我的懷裡待了一陣子。我好久沒在近處看到牠，聞到牠的味道了。牠和以前一模一樣，一點都沒變。會計師已經遠離，我心想差不多沒問題了，便放開手臂，於是鳥飛回閣樓去了。

鳥只是出於善意行動。牠只是對我的心思反應而行動罷了。我內心隱約希望會計師能一直留在這裡，那隻鳥感應了我的願望，才會撲向準備回家的他吧。即使讓他受傷，也要把他送到我面前。

如果會計師沒有出現在我面前，如果我沒有對他萌生好感，我即使一生都關在家裡一個人老死也無所謂吧。我可以和過去陪伴父親的鳥一起靜悄悄地過活吧。可是，我再也無法抹殺心中已然萌生的感情。

我想要和別人在一起。爲了跟別人在一起，我必須讓那隻鳥再也沒辦法攻擊任何人。

四

每踏上一段階梯，木板便跟著傾軋，發出刺耳的聲響。刺骨的寒意讓吐出的呼吸變白了。我天人交戰了好幾天，才終於下定決心。如果有人問我愛不愛那隻鳥，我一定會毫不猶豫地點頭肯定。

從二樓走上閣樓時，明明沒開燈，卻意外地明亮。因爲月光從窗戶射進來了。

鳥待在籠子裡。牠現在依然把從動物醫院要來的銀色籠子當成自己的窩。可是牠沒有睡，而是盯著夜半造訪的我。

明明得好好握緊才行，我的手卻抖著，幾乎要弄掉刀子了。

我在籠前招手，於是鳥順從地主動走出來，站到我的腳邊。牠的身體無論何時看起來都是那麼樣地巨大，頭甚至高達我的腰部。

我跪在地板上，正面凝視鳥的眼睛。吸收光線的青色眼睛有些異於一般的禽鳥，讓人感覺到知性的存在。

「我必須這麼做。這是爲了讓你融入人類社會……」

與其說是在對鳥說，更像是爲了振奮自己。

我撫摸了鳥背和鳥頭一陣子，然後把刀子銳利的前端抵到牠的左翅根部。鳥沒有掙扎，眼睛對著我，偶爾眨眨眼。

我把刀子插了進去，前端劃破羽毛和皮膚，割開了肌肉。那一瞬間，鳥閉上眼睛，垂下了頭。

血從羽毛之間滲了出來，不久開始滴落地板。血滴滲滿了地板接縫，血河流過我的腳下，在月光下閃爍。

寒冷與駭懼讓我不住地顫抖。我想抽出刀子，刀刃卻深陷在鳥的肌肉裡，怎麼樣都拔不出來。

我的良心發出哀嚎，我親手毀了我的寶物。

這天夜晚，我奪走了鳥的天空。

鳥就像以前那樣，像企鵝一樣在家中徘徊。一開始我覺得那個模樣好可憐，但漸漸地，是我傷了牠的恐懼也淡去了。

天空再也不會掉下東西，牠能夠做的，頂多只有搖搖擺擺地把遠處的搖控器叼過來而已。牠的左翅完全無法動彈了。偶爾我會幫忙牠展開不會動的翅膀，讓牠做做日光浴。我們的關係變成了非常平凡的飼主與寵物鳥。

鳥不再送來糧食和日用品，所以我必須自己上街採買。我對外出並不感到排斥，因爲我再也不必擔心會危害到誰了。除了買自己的食物以外，我也去寵物店幫鳥買飼料。這次輪到我來扶養牠了。

我也打電話給老師和朋友，順利重返校園了。一開始我猶豫著不曉得該怎麼告訴朋友父親過世的事，可是過了幾天，就彷彿這幾個月從來沒有過似地，我們又可以開懷聊天了。我和男導師及班上的男同學一樣沒辦法自然地說話，但我覺得面對他們的時候，已經沒有過去那麼緊張了。

會計師也頻繁地打電話來。一開始只是談公事，但漸漸地也會閒話家常，我們一聊起來，時間一下子就過去了。他擔心我的生活，要我萬一碰上問題就連絡他。

想著他的時候愈來愈多了。我坐在沙發，忍不住喃喃唸著他的名字，鳥回頭看我，離開客廳，但現在的牠只能像企鵝一樣走路，沒辦法把他帶到我這裡來，因此牠在走廊走到一半就停步，死了心似地垂頭喪氣地回來。

感覺一切都很順利。然而唐突地，結束造訪了。

四月過半，不必穿得太厚重也能舒適生活的日子持續著。夕陽從窗戶射進來，放在閣樓的父親以前的打字機、母親的衣櫃都染成了紅色。

「拜託，你乖乖在這裡面待一陣子。」

我把鳥推進閣樓的籠子裡，關上籠門鎖起來。鎖只是一個簡單的卡榫。我覺得這隻鳥很聰明，可能會自力開鎖出來，但會計師就快來了，我沒有多餘的時間設法讓鳥不會逃出籠子。很快地，玄關門鈴就響了。

「那隻鳥呢？」

我一開玄關門，他便露出警戒的眼神掃視屋內。

「在閣樓。我把牠關在籠子裡了。」

我認爲最好再過一段時間再讓他們碰面。雖然一邊的翅膀已經動不了了，但那隻鳥還是會試圖送來我想要的東西。如果讓他們在家裡碰面，鳥或許會啄會計師，或是用爪子抓他。

他聽到鳥被關起來，露出鬆口氣的表情。

「好香唷。」

廚房飄來料理的香味。我已經準備好晚飯了。我們說好他來我家吃我做的料理。我從來沒有幫父親以外的人做過飯。我從好幾天以前就在研究料理書，尋思該做些什麼好。

我領他到餐桌，端上料理。晚飯是搭配春季時蔬的義大利麵和湯品。雖然很簡單，但他非常開心。我問他平常都吃些什麼，他說幾乎都是外食。他和我一樣，父母都已經過世，現在一個人獨居。

用完餐後，我們坐在餐廳桌子喝咖啡，他發現牆上有小洞。天花板附近有兩個洞，約有小指頭大。我搶在他之前開口了：

「那是彈痕……」

是強盜闖進來留下的痕跡，歹徒還沒落網，命案後過了還不到半年。現在我每到早上，依然覺得父親會從臥房走出來，邊打哈欠邊烤吐司做早餐。晚上睡不著時，也會想起父親在這個家的書房遇害的事，害怕起來。

「學校怎麼樣？開心嗎？」

他像要改變氣氛地問。

「功課很難。」

「妳都在這張桌子寫功課？」

他把手放在剛才擺著晚餐的餐桌說。

「不，在自己房間。我都在書桌念書。」

「哦，這樣啊。」

我不懂他爲什麼這樣問，只覺得奇怪。

此時閣樓傳來「喀噠」的聲響。我們同時仰望天花板。我猜想鳥可能在籠子裡面掙扎，擔心起來。

「我去看看情況。」

「要我陪妳一起去嗎？」

我搖搖頭，一個人上了樓梯。

進到閣樓一看，銀色籠子倒在地上，籠門的卡榫打開了，籠裡空無一物。

我回望鳥專用的窗戶。那道窗戶只有上側用合葉固定起來，構造很單純，鳥可以用頭一頂就推開。

窗戶搖晃著，顯示著鳥剛從那裡鑽出去。

我必須立刻衝下樓梯，回去他身邊才行。必須通知他危險的鳥就在附近才行。

可是我沒有立刻折回一樓，是有原因的。我想要走向樓梯時，被一樣東西絆倒了。

我跌倒在地上，看到旁邊掉著一個空掉的花盆，是以前放在我房間的觀葉植物的花盆。觀葉植物枯萎後，我把盆子丟在閣樓。我絆到了它。

跌倒的衝擊，讓我一瞬間忘了鳥不見的驚慌。

結果另一個疑念在心中擴散開來，讓我無法立刻衝回一樓了。

我走下樓梯，前往二樓自己的房間。是爲了確定剛才掠過腦中的想法太荒唐無稽。

我坐在床上，結果聽到樓梯吱咯作響。可能是納悶我怎麼一去不回，一樓的他上來探看情形了。

人的氣息從走廊移動過來，在我的房間門口停住了。

我沒有關門，所以跟望進室內的他四目相接了。

我的表情一定相當不安吧。

或許是戰慄驚恐的。

他露出複雜的表情說：

「如果我主張那是誤會，妳會相信嗎？」

我一直深信是因爲我想要他，鳥才會攻擊他；但眞的是如此嗎？

在這個世上，我有一個比伯父更要憎恨的對象。如果是那個人，鳥只要一發現他，一定會毫不猶豫地發動攻擊吧。鳥知道那個人的長相，因爲鳥在父親死去的那晚，在一樓被那個人舉槍射擊。

「我希望你告訴我，只是我多心……」

我回話，他走進房間，在我旁邊坐下。這是第一次有父親以外的男人進我房間。可是正確地說，這或許是第二次。因爲如果是殺害父親的強盜，那天晚上或許也踏進了我的房間。歹徒是爲了劫財而闖進家裡的。警察說，我的房間也有遭到小偷闖入的痕跡。

「我沒想到會變成這樣。像是妳的事，還有現在這種狀況……」

他的手掌溫柔地撫摸我的頭。我全身瑟縮，無法動彈。他的手指滑過我的脖子說：

「沒想到居然會說溜了嘴……」

「爲什麼要做那種事……？」

「如果鳥不吵鬧，妳的父親就不會醒來，現在應該也還活著。就算被偷了東西，反正都有保險，吃虧的只有保險公司而已。」

淚水湧了上來。他從外套內側掏出一把小手槍。是黑色的左輪手槍。堅硬的槍口抵住了我的腹部，我因爲疼痛、懊恨和恐懼，緊緊地閉上了眼睛。

那天晚上侵入這個家的他，看到了我的房間。無論之前或之後，其實只有那天晚上書桌上擺著盆栽。如果有人認爲在這個房間不能念書，問我是不是都在一樓的餐桌念書，就表示他那晚進了我的房間。那個人看到我的房間，應該會認爲我沒有使用擺了植物的書桌。在閣樓看到花盆時，我想到了這些事。如果他否認的話，我就可以一笑置之，覺得是自己想太多了。

我聽見扳起擊鎚的聲音。他已經準備好要抹去會對他造成威脅的對象了，而我甚至沒有想到抵抗這個選項。

就在此時，玻璃破碎的聲音響起。鳥的振翅聲與子彈發射的爆破聲同時交錯。

空氣被加熱、瞬間膨脹般的壓力與強風竄過我身旁。沒有疼痛。我伏下頭，睜開眼睛。

窗玻璃化成碎片灑了一地。他的臉完全被黑鳥覆蓋了。子彈發射的瞬間，槍口似乎轉向了鳥。

鳥拍打著只剩一邊的翅膀。牠用飛不了的身體爬到屋頂上，打破了我的房間窗戶進來，並用尖銳的鉤爪緊抓住會計師的肩膀與手臂。

會計師用左手掐住鳥的脖子，把槍口按在牠的身體扣下扳機。每一扣扳機，鳥的身體就彈跳似地顫動。

要是再繼續開槍，鳥就要死掉了。他不曉得要開第幾槍的時候，我再也承受不住，撲向他持槍的手。

槍口從鳥的身體錯開，下一道槍聲響起時，子彈擦過我的耳朵，在天花板開了個洞。

「住手！」

我瞪著他的眼睛大叫。

他露出吃驚的表情。

他可能完全沒料到我敢抓住他的手臂大吼吧。

「住手！不要傷害牠！」

淚水泉湧而出。

不是因爲害怕。

可以說出想說的話，令我高興。

不是萎縮地蜷成一團，而是爲了鳥挺身而出，令我驕傲。

他粗暴地甩開我，可能是想先解決我，把槍口瞄準了我的心臟。此時銳利的嘴喙插進了他的脖子。嘴喙抽出時，連帶啄出了一條連接他體內的線狀物體。那條線狀物體呈紅色，似乎是大血管。鳥啄出來的血管伸得好長好長，他也瞪大了眼睛瞪著從自己的身體被拉出去的線。鳥喙一甩，紅線狀的東西「噗」地繃斷。手槍從他的手裡掉落，大量的鮮血從血管噴出，把房間噴得一片赤紅。我和鳥的身體都灑滿了他的血。那是無可挽救的出血量。他用求助的眼神看我，但我無能爲力。

他倒在地上一動也不動之後，鳥也搖搖晃晃地在地板倒伏下來。牠蜷起身體，像在忍受著寒意，但不會動的一邊翅膀無力地垂在地上。我跑過去，用手掌按住鳥的身體。牠的翅膀和身體被子彈打出好幾個洞，血把羽毛都浸濕了。

我離開房間，跑去一樓打電話，哭著叫他們快派車來，快把鳥送去醫院。只要能讓鳥保住一命，要我付出什麼代價都行。我想求鳥原諒我。我必須補償牠。

打完電話後，我再次跑回二樓一看，鳥已經不在原處了。我的房間一片淒慘，裡頭只躺著年輕會計師的屍體。疑似鳥流出的鮮血點點延伸到走廊。我循著血跡走去，來到了父親的書房。

鳥蜷縮在父親的椅子下。父親工作時，鳥總是待在那裡看著父親。父親從椅子上伸手，鳥就會伸頭用力去頂父親的手掌。牠記得當時的事，才會拖著重傷的身體來到這裡吧。

我在椅子旁邊蹲下，抱起鳥的身體。臂膀感受到鳥呼吸的動作。牠的身體偶爾微微抽動，我知道牠的體溫正逐漸流失。我們等待救護車抵達。鳥用青色的眼睛看著椅背。儘管就快失去生命，牠的表情卻沒有恐懼。銀色的月光從窗簾隙縫間射進來，照亮書桌上的筆筒和擱在上面的原稿，然後在地上拖出細長的光帶，也遍灑在蜷縮於父親椅子下的我和鳥身上。彷彿被包裹在父親的掌心一般，一股安詳的氣息充滿了書房。我聽見樹葉在風中搖曳、磨擦的聲響。

7／獻給死者的音樂

——妳怕關燈，所以睡覺時我總是得爲妳唱搖籃曲。我握住美佐妳的手，嘴裡哼著曲子，免得妳作惡夢。那首搖籃曲是我留給妳的，唯一的禮物。

＊＊＊

媽媽，妳的朋友都在走廊等著呢。

大家看著我走進病房，全都一臉擔心。

接到電話，我立刻丟下工作趕來了。同事也都很擔心媽媽。沒有人留住我，都叫我快點回老家來。

要是發現得再晚一點，媽媽，妳已經死掉了呢。聽說媽媽時間到了也沒去上班，所以媽媽的朋友擔心妳，特地去妳住的地方查看呢。朋友看到媽媽倒在浴室，叫了救護車。萬一再晚上一個小時發現……吶，媽媽，告訴我爲什麼。爲什麼妳要割腕？

＊＊＊

最近聽力好像變得更差了。美佐的聲音聽起來好遠。可是那音樂也因此更加真實地在耳邊迴響。

其他各種聲音聽起來就像隔了一層膜似的，然而只有那音樂就像清透的風。層層疊疊的歌聲就像在接受祝福。每次聽到那音樂，我就感到一陣揪心，心痛極了。可是不只是這樣而已。甚至連喜悅也湧上心頭，種種情緒同時綻放，內心充滿了各種色彩。

第一次聽到那音樂，我才十歲。

＊＊＊

媽媽小時候住的城鎮，我也去過幾次。媽媽看著街景，驚訝地說變得漂亮多了。還說以前那裡更擠更亂，路邊長著雜草，大家都擠在簡陋的小屋裡生活。媽媽還說夏天一刮風，熱沙就會被捲起來打在小腿上，很扎人。

我們一起走在河邊的路上呢，那個情景我現在也歷歷在目。河水很清澈，可以看見在河裡游泳的魚。媽媽停下腳步看著河這麼說：

「我以前在這裡溺水過。」

＊＊＊

妳外公外婆都是很教人傷腦筋的人。美佐只見過他們幾次，但還記得吧？他們還當著妳這孫女的面吵架，記得嗎？

美佐當上學校老師時，我覺得妳是遺傳到了外公。不過就算成了老師，也不能變成像外公那樣唷。賭博、借錢、向哥哥討錢……記得外婆堅持說，我的聽力會天生這麼差，都是因爲小時候被外公用力打打壞的。

可是外公卻說我的耳朵不好，都是外婆害的。說是外婆在懷孕的時候亂吃藥害的。

我想他們兩個都隱約察覺原因可能在自己身上吧。是自己素行不良，報應到孩子身上了。他們覺得我的耳朵不好，可能是自己害的。可是這事實實在教人難以承受，所以他們才會互推到對方身上吧。

我的耳朵總是引發他們爭吵的導火線。我老是覺得是我害他們吵架的，覺得很難受。明明根本就不是誰的錯，我又不恨誰，只是我運氣不好罷了。

我很喜歡妳外公外婆唷，雖然他們兩個都很教人頭疼。

在河裡溺水那一天，外公跟外婆也在家裡吵架。我跟朋友玩完回家，在門外就聽到叫罵聲。說什麼外婆有外遇怎樣的，吵得街坊鄰居都聽見了。有時候我也會去排解一下，但那天實在是玩累了，便決定在外頭打發時間。我漫無目地地走著，附近的人都回頭看我。

有人的地方我待不下去，我便走到沒什麼人會去的鎮郊，坐在河邊。河邊生著花草樹木，有蝴蝶飛舞。那景色非常漂亮，我正想伸手抓蝴蝶，結果坐著的地方突然崩塌，我一下就摔進河裡了。

妳也知道媽媽不會游泳吧？衣服吸了水，身體變重，水灌進嘴巴裡，我生平第一次喝到那麼多水。那條河意外地深唷，隨隨便便都可以淹過一個小孩的身高。我拚命划動手腳，可是徒勞無功。

身體沉下去以後，因爲水很乾淨，所以可以一直看到上游和下游的盡頭。還可以看到魚在游泳、水藻搖擺的樣子。我記得陽光在頭頂的水面晶瑩閃爍著。我心想自己可能要死了，就在這個時候，泡沫聲的另一頭傳來了動人的音樂。

那聲音像是沿著河水從下游遙遠的地方傳進我的耳朵的。是樂器演奏配上人的歌聲。樂器的音色聽起來像小提琴，也像是管風琴。就好像蠟燭的火焰般，搖搖擺擺的、淡淡的，是很虛幻的聲音。

那歌聲就像是許多孩子在同聲細語呢喃。就像有白色的沙子嘩嘩流過耳邊。我聽不出他們在唱什麼，而且唱的好像也不是日語，但那確實是一首歌。

演奏與歌聲彼此融合在一起。樂器的聲音化成歌聲的一部分，而歌聲填滿了樂器的空隙，兩者揉合在一起，宛如一條長絲，名爲音樂的長絲。它從下游的盡頭一直延伸過來，穿過我身邊，再往上游延伸而去。

明明我的聽力那麼不好，但那演奏和歌聲卻一清二楚、無比確實地傳進我的耳中。我從來沒有接觸過那麼美好的東西。那是彷彿會在任何一個瞬間中斷、如蛛絲般幽微的音樂。我的體重消失，手腳失去力氣，變得無法分辨自己的身體表面是到哪裡，而從哪裡開始是河水。

那是揪心的、令人想要落淚的音樂。

每次快死的時候，那音樂就不知從何處傳來。

二

媽媽在河裡溺水只是短短幾分鐘的事。妳馬上就被附近的人救起來，接受人工呼吸和心臟按摩。

可是媽媽卻說彷彿在水中待了一小時，感覺不可思議極了。或許那就像作夢時的時間感吧，我也經歷過。明明只睡了幾十分鐘，卻覺得在夢中體驗了一整段人生。

＊＊＊

在河裡溺水後，我住院了幾天。外公跟外婆只有那時候對我很好。他們不相信我在河裡聽到音樂的事。老師和好朋友來探望我，我告訴大家，可是沒有一個人信。

我很納悶，那音樂究竟是什麼？我一直很好奇，所以後來一有空就開收音機，看看能不能聽到那個音樂。從那曲子的氛圍，我猜想有可能是古典音樂。但一直到現在，我還是沒在收音機裡聽過那首曲子。

我因爲重聽，所以把收音機音量調得很大，把耳朵貼在音箱上面聽。外公說聲音開那麼大會吵到別人，經常因爲這樣而把我罵到哭。

當時我以爲那音樂是人演奏出來的。我想要查出是誰作的曲子，然後是什麼人合唱的。我也在河川附近四處打聽，詢問有沒有喜歡音樂的人住在那裡。因爲我猜想可能是那戶人家在聽唱片，而音樂傳進了河裡面。不過我終究沒找到那樣的人家。後來我就一直在尋找那個音樂。美佐，妳也知道吧？每次一有閒錢，媽媽第一個買的總是唱片。

＊＊＊

我一直覺得很不可思議，爲什麼媽媽會對音樂感興趣呢？而且聽的全是古典音樂的唱片。

可是能夠自由蒐集唱片，也是最近的事而已呢。因爲在我開始工作之前，家裡一直都不是很寬裕。媽媽得自己一個人把我拉拔長大。

＊＊＊

國中畢業後，我立刻離開了老家。因為我愈來愈無法忍受留在外公外婆身邊了。我第一棟獨居的公寓是一間小小的榻榻米房間，天花板只吊著一顆電燈泡。現在那棟公寓已經拆掉，改建成大樓了。

一開始我一直找不到工作。我省吃儉用，勉強撐了過來。會找不到工作，我想是因為我的聽力不好。因為跟工廠主任或店老闆說話時，我會再三反問，讓他們覺得很煩。也可能是因為我聽不清楚，在不知不覺間皺起了眉頭。我想我給人的印象非常差。

我在鎮裡認識的人介紹下，開始在咖啡廳裡工作。我幫忙打掃店裡、洗碗，總算是賺到一份薪水了。我第一樣買的東西就是收音機。公寓的牆壁很薄，如果把收音機開到我聽得到的音量，一定會吵到隔壁鄰居，所以我總是蒙在厚被子裡聽收音機。

雖然摻著雜音，難以聽清楚，但我總是集中全副心神在收音機傳出的音樂上。我在尋找河底聽到的音樂。每當曲子響起，我就在心裡比較著：這不是，那也不是。可是在這樣做的時候，我漸漸地喜歡上各種音樂了。我開始在書店翻閱音樂書籍，也對音樂的歷史變得熟悉。關於作曲方法，我也學到了一些。

我找到了一些近似那種音樂的曲子，比方說莫札特或佛瑞的安魂曲。兩者都同樣會讓人興起哀悼死亡、祈求神明原諒的情緒。美佐，妳也知道我有好幾張安魂曲的唱片吧？我反覆聆聽各個指揮家的版本，但或許我並不是在聆聽眞正意義的演奏呢。我一定是在唱片流瀉出來的音符另一頭尋找著在河裡聽見的旋律。我尋找相似的音樂，只要一丁點就好，我想把它們都蒐集起來。雖然這樣或許對指揮家很失禮。

＊＊＊

媽媽是在咖啡廳工作的時候認識了爸爸呢。媽媽經常拿那時候的照片給我看。兩個人坐在咖啡廳的椅子上笑著。還有一起玩射擊電玩的照片。髮型和服裝感覺都好復古，每次我看到那褪了色的照片，就覺得好開心。

爸爸第一次光顧店裡的日子，碰巧店裡只有媽媽一個人。媽媽去點單，卻聽不清楚，再三要爸爸重覆，結果兩個人都笑到停不下來了。媽媽最喜歡提起這件事，總是一遍又一遍地說給我聽呢。

爸爸的照片我都珍惜地收藏著。我跟媽媽兩個人躺在床上，不停地看著這些照片。那是我二十歲的時候去了嗎？我跟媽媽一起去溫泉。那裡是爸媽媽蜜月旅行去的地方，媽媽看起來好懷念的樣子。我還想像起來了呢，就是媽媽跟爸爸肩並著肩，聽著音樂，在小小的餐桌一起吃飯的樣子。

***

怎麼會發生那種事呢？我到現在都爲當時的事後悔極了。如果再早個十分鐘出門，就不會被捲進那種交通意外了。當時妳爸爸開車，我坐在副駕駛座。在高速公路進隧道時，前方的車子發生了事故。突然爆炸似地，玻璃飛散了一地。妳爸爸好像立刻踩煞車，可是還是來不及了。因爲後方也有車子逼近，我們的車子被撞飛，倒栽蔥地翻倒過來。

上下顛倒，我被安全帶吊在座位上。鮮血沿著妳爸爸無力垂下的手臂直淌下來。四周全是玻璃碎片，被隧道橘色的燈光照亮，閃閃發光，就像有許多點燃的蠟燭一般。

美佐妳也看過我身上的傷疤吧？血從那裡流出，跟妳爸爸的血混合在一起。可能是因爲耳朵不好，我完全聽不到半點聲音。妳爸爸的生命一點一滴地滲進閃閃發光的玻璃碎片裡面了。他聽得到那個音樂嗎？我聽到了，跟在河裡聽到的音樂一樣。

因爲出血，意識開始迷迷糊糊起來。

身體動彈不得，好像受傷了，卻甚至感覺不到疼痛。可是我覺得如果可以跟妳爸爸一起死，也沒什麼好遺憾了。

被壓扁的車子噴出黑煙，還開始燒起來，隧道裡面簡直就像地獄。

在這當中，究竟是誰在演奏呢？那樂器的聲音就像小提琴般宿命、像管風琴般莊嚴。無比虛渺，隨時都可能中斷的音樂從隧道深處傳出，鑽進了我們的耳中。

分不清是弦樂還是氣鳴樂器的音色被許多人低語般的歌聲包裹著。

那是名爲音樂的絲線呢。在別的地方織好，在空中輕柔地揚起，穿過隧道當中。就像乘著風被送來似的，輕柔地、細長地，那音樂從遠方一直延續到我們身邊。

在充滿了火焰與灼熱的隧道裡，我卻感覺四周盈滿了水。被那音樂圍繞著，沒有憤怒，什麼都沒有。我們只要豎耳聆聽就是了。只要委身於某人巨大的意志就是了。我想去聽得到那音樂的地方。

可是清醒過來時，我人在醫院。妳爸爸已經不在了，肚子裡留下了妳。

三

不管發生任何事，媽媽都從來不哭呢。一定是爲了不讓我感到不安，媽媽才總是對我笑吧。我到現在依然時常憶起媽媽搬回唱機時的事。那是我小學三年級的時候吧，媽媽職場的同事把舊的唱機送給了妳。那人也送了幾張老唱片，於是我們晚上一起聽。我覺得不可思議極了。圓盤在轉，把針放上去，就會傳出聲音來，這究竟是什麼原理呢？那樣薄薄的一片圓盤裡，居然封著人聲和樂器聲。

我很喜歡跟媽媽一起聽唱片。媽媽都會把耳朵貼在音箱上，閉起眼睛，就彷彿把我這個女兒忘得一個二淨。我的耳朵天生就很健全，這總是讓媽媽驕傲極了。可是我老覺得比起我來，媽媽應該能更精確地分辨聲音吧。因爲聽得比別人模糊，所以媽媽對於聽到的聲音，會非常仔細、纖細地去聆聽。因爲我聽起來都是一樣的演奏，媽媽卻可以聽出指揮家的不同，還有演奏的好壞。而且音樂只要聽過一次，媽媽大部分都可以記起來。收音機傳來的古典音樂，媽媽只要稍微一聽，就可以說出是誰指揮的、是幾年左右的演奏。我一直覺得媽媽應該具有音樂才華。如果媽媽的耳朵正常，或許可以在音樂方面大展長才，風靡許多聽眾……

我的夢想是帶媽媽去聽古典音樂演奏會。可是如果坐一般的座位，媽媽的耳朵可能聽不清楚呢。而且我們光是謀生就夠辛苦了，聽演奏會實在是遙不可及的夢想。

＊＊＊

我給美佐添麻煩了。那個時候因爲我從事那種行業，害得妳被班上的同學說得很難聽吧。可是妳一直對媽媽瞞著妳受欺侮的事，在家的時候也絕口不提。妳還一臉開心地告訴媽媽妳在學校和朋友聊天的事。爲了不讓媽媽傷心，妳故意在媽媽面前表現得很開朗。

對不起。媽媽找過其他的謀生方法，可是實在是找不到其他工作了。我讓妳放學後一個人在家裡待到好晚呢。雖然妳裝作滿不在乎，可是晚上一個人在家，妳一定很害怕吧。爲了不讓媽媽操心，妳眞的很努力。

妳從以前就很怕夜晚。睡覺的時候如果媽媽要關燈，妳就會緊緊地握住我的手不放。

如果能讓妳度過更美好的童年，那該有多好。如果不是那種又小又髒的房間，而是更大的屋子，妳就可以在生日的時候請朋友一起來慶祝了。連衣服也難得買給妳，都讓妳穿媽媽跟朋友要來的衣服。這讓妳被班上的同學嘲笑，但妳還是很珍惜每一件衣服。

＊＊＊

媽媽會幫我在衣服上面刺繡，我好喜歡那些刺繡。媽媽會一邊聽唱片，一邊幫我刺繡花和鳥。因爲穿著那些衣服，在晚上等媽媽回家的時候，我也一點都不害怕。

房間裡只有我一個人的時候，有時候班上的男生會跑來玄關尿尿再溜走。眞夠討厭的。我心想得在媽媽回來之前清理乾淨，拿桶子汲水沖掉。那個時候雖然辛苦，但我並不覺得有多難受。我最常想起的就是那個時候的事。我喜歡那個小房間，也總是期待跟媽媽一起聽唱片。

我們曾經一起在我生日的時候上街呢。那個時候媽媽想要買衣服給我。在百貨公司裡，媽媽叫我挑選喜歡的衣服，還說哪一件都行，可是我挑不下手。我擔心吃飯的錢，還有房租。我擔心地說，錢用在這種地方眞的好嗎？

媽媽叫我不用想那麼多，但我就是挑不下去。結果媽媽掩著臉哭了起來，說著對不起，向我道歉。那是媽媽唯一一次在我面前哭。我好想說，我才是對不起媽媽。

＊＊＊

外公外婆是在美佐升國中的時候過世的呢。國一的時候外公先走了。他是個一生氣就沒人安撫得了的人，但每次都很期待見到妳這個孫女。自己的孫女還是特別可愛嘛。

記得喪禮的時候，我和妳還有外婆三個人一起去吃飯。妳去廁所的時候，外婆悄悄地對我說了。不過說是悄悄地，也是我聽得到的音量。

「妳的耳朵會不好，都是因爲我懷妳的時候吃了不該吃的藥。大概吧。所以妳要怨就怨我吧。」

這是外婆第一次說這種話。她明明總是賴到外公身上的。我之前可能也跟妳說過，我的耳朵不好，並不是誰害的。可是外婆或許是希望有人責怪她。我不知道外婆吃了什麼藥，但她可能一直覺得很內疚吧。所以我告訴外婆，說我一點都不介意自己的耳朵不好。比起耳朵，我能一直活到現在，就已經覺得夠奢侈的了。

＊＊＊

外婆就像追隨外公似地去了。

媽媽在醫院對著已經無法回話的外婆說：

「媽媽，妳聽到音樂了嗎？」

妳這麼問外婆，緊握著她皺巴巴的手。

＊＊＊

我開始在工廠餐廳工作，是美佐開始上高中的時候呢。我本來工作的店家倒閉，有客人幫我寫推薦信。因爲妳也幫忙打工，所以從這個時候開始，我們的生活漸漸輕鬆了一些。明明我叫妳把打工的錢花在自己身上，妳卻還爲我買了新的唱片和耳機。

妳還記得搬家時的事嗎？妳把東西裝箱，忽然悲從中來，淚眼盈眶。對美佐妳而言，那是妳從一出生就一直生活的地方呢。我們帶著爸爸的照片，坐上搬家的卡車。

不知不覺間，妳長得和我一樣高，開始替耳朵不好的我跟人講電話了。時間過得眞快。妳開始上大學、成年、當上老師……我有種責任已了的感覺呢。因爲我終於順利把妳拉拔長大了。

是有過難受的事，也有過難以承受的時候。可是每當那種時候，我就會想起那個音樂。那彷彿不屬於這個世界的動人音樂，令人想要把頭低垂，哭泣伏倒的音樂。只要想起，我就可以原諒一切。我會割腕，並不是因爲我有什麼煩惱。我從很久很久以前就已經決定要這麼做了。因爲我想去到那音樂旁邊。

四

媽媽，媽媽。

昨天我從醫院回來的時候，家裡收到一封信。是媽媽寄給我的。是妳在割腕之前寄出去的呢。妳寫了信給我，做爲最後的道別。讀了信以後，我立刻去了圖書館。因爲我想要調查一下有關臨死體驗的事。全世界的人瀕臨死亡的時候，好像都會體驗到各種事。比方說看到巨大的河川、看到花園、見到死去的家人。媽媽說妳聽到的歌，或許也是相似的體驗。雖然也有人主張那是臨死之前大腦讓人看到的幻覺，但我沒辦法完全接受這種解釋。

媽媽聽到的音樂，會不會是從另一個世界傳來的？當我們無限接近另一個世界時，世界的境界會變得模糊，讓歌聲透了進來。在另一個世界，一定有人正在彈奏樂器、並歌唱著。

* * *

因爲有妳，媽媽才能活到今天。如果沒有生下妳，媽媽一定無法承受沒有爸爸的事實。必須翼護妳的念頭，讓媽媽變得堅強。爲了讓妳的心靈健全成長，我努力要自己做個好母親。如果我都做到就好了。對妳來說，我是個好母親嗎？

美佐，妳已經可以一個人過下去了吧？妳跟媽媽說過，妳有了男朋友，可能會結婚。媽媽有事要拜託妳。這應該是媽媽第一次有求於妳吧。

媽媽差不多可以前往那音樂身邊了吧？那是神明賜與我的禮物。說老實話，自從在河裡溺水的那天開始，我就滿腦子想著那個音樂。當然我愛著妳爸爸，也愛著妳。可是那音樂已經形同我的一部分。所以寫完這封信，投進信箱以後，我就要前往那音樂身邊了。

＊＊＊

大家都在等媽媽醒來。我會一直陪在妳身邊。媽媽，妳知道我握著妳的手嗎？媽媽的手變得皺巴巴的了。我記得媽媽用這雙手爲我洗澡的時候。那時候媽媽的手還要更大，但不知不覺間變得這麼小了呢。媽媽用這麼細小的手一直保護著我。

我能遇到喜歡的人，都是託媽媽的福。因爲我第一次遇到他，就是在古典音樂演奏會的海報前。當時我正在看海報，想起了媽媽。

我覺得是媽媽教我怎麼欣賞音樂的。在那個小房間，用那臺老舊的唱機。當他知道我熟悉古典音樂是受到媽媽的影響，還這麼說了呢：

「妳媽媽是好人家的千金小姐嗎？」

感覺很古怪對吧？他知道我們過去的生活後，嚇了一大跳呢。可是在讀到媽媽的信之前，雖然我聽說過妳差點在河裡溺水的事，但都不曉得妳在臨死之前聽到了音樂。原來媽媽連對我都保密呢。等到媽媽醒來，我一定要對妳大大生一場氣。

可是其實我隱約察覺媽媽有什麼祕密了。我一直猜想媽媽可能是喜歡上別的人了。因爲媽媽在聽音樂時，表情總像是在遙想著遠方的人嘛。讀過信之後，現在我明白了，原來媽媽是在想著人在另一個世界的爸爸嗎？

＊＊＊

不知不覺間，我可以分辨出音樂的好壞，懂得評論家所說的意思，甚至是作曲家陳列在樂譜上的音符意義，看得出許多東西了。就像在小說中讀出劇情那樣，我可以看到樂譜，就知道那是什麼樣的音樂。或許是因爲聽力比常人更差，我才能用異於一般人的方式去讀音樂。當時我正好懷著妳，無法工作。那個時候我才二十出頭，不管要開始做什麼都不遲。我每天上書店，閱讀許多作曲家的樂譜打發時間。我也學了作曲的方法唷。我很羨慕上音樂大學的人，但我付不出學費，而且因爲重聽，或許也聽不見老師上課。

我覺得害羞，所以一直沒告訴妳，但我作了一首曲子。我生下妳，邊抱著妳哄妳，邊在樂譜填上音符。當然，不是像眞正的作曲家那樣從零開始自己作曲。我是有範本的。我只是回溯記憶，把它抄寫到樂譜上而已。

我想把溺水時聽到的旋律留在這個世上。把那充斥著火焰與煙霧的隧道中聽到的曲子留在世上。不管聽上幾百張古典唱片，我還是沒有遇到那般動人的音樂。或許名留青史的偉大作曲家全都是朝著那裡邁進，我只是偷看到他們的目的地，狡猾地把它抄寫下來罷了。

可是結果我連十分之一都無法重現那音樂。雖然我可以將幾個悅耳的片段封存下來，但無法從另一個世界把全部的曲子完美地搬運過來。結果我沒有讓任何人看那份樂譜。一個耳朵不好的歐巴桑作的曲子有什麼價值呢？妳說是吧？聽它的人只有妳一個就夠了。我把樂譜跟妳爸爸的照片收在一起。妳哪天有空的時候就看看吧。

＊＊＊

我的名字是爸爸給我起的呢。在我出生很久以前，爸爸就說過如果生女孩，就要取名美佐（misa）對吧？這是從基督教的彌撒取的名字嗎？媽媽把音樂的事告訴爸爸了呢。這名字一定也帶有鎮魂曲的意思吧。爸爸是不是覺得，媽媽聽到的曲子是有人為了讓過世的人安息而唱的？

總有一天我也能聽到它嗎？還是只有媽媽才被允許聽到它？為了讓媽媽免於恐懼，做為媽媽一直努力到這天的獎勵。

大家都說媽媽的表情很安詳。因爲媽媽一直在聆聽著音樂呢。我就像跟媽媽說好的，一直陪伴在妳身邊。醫院准許我睡在病房。握著媽媽的手一起過夜，讓我想起了以前。我還小的時候，我們經常一起手牽著手睡覺呢。

因爲握著媽媽的手，我感覺到那一瞬間了。媽媽的手突然變冷的瞬間。就像海水退潮一樣。媽媽在另一邊看到爸爸了嗎？還有外公外婆呢？那裡是不是有媽媽的人生中見過的人們呢？演奏音樂的是什麼樣的人呢？是什麼樣的人在唱歌呢？

我找到媽媽的樂譜了。因爲是很短的曲子，我猜想還有其他部分，但只找到那一頁而已。我請會彈琴的朋友看譜，並彈給我聽。彈奏媽媽從這個世界與另一個世界的交界處帶回來的音樂……

我聽過。我知道這首曲子。媽媽哄我睡覺時哼的那首搖籃曲，原來就是那個音樂。

只要媽媽唱起那首歌，我就會睡得很香。呼吸變得平靜，也不怕夜裡的黑了。所有的不安都從心裡面消失，我落入夢的世界。那首歌告訴我媽媽就陪在我身邊。雖然我閉著眼睛，看不見媽媽的身影，但我知道有人就在我身邊守護著我。

＊＊＊

那首曲子或許是賜予死者的慈悲。或許是另一個世界某個地位不凡的人傳達給我們的訊息，要我們不必害怕，告訴我們已經可以放下一切了。所以媽媽一點都不害怕。

那歌聲就像寬恕了所有的一切，委身在什麼人的懷抱一般。或許所有的死者都是聆聽著那音樂墜入夢鄉，如果是那樣就太好了。

美佐，一直以來謝謝妳。關掉房間的燈時，妳總是緊握住我的手。妳總是擔心關燈的時候，媽媽是不是也會跟著一起消失。可是放心，即使房間變得一片漆黑，我還是陪伴在妳身邊。

從今以後，如果妳感到害怕，就看看樂譜吧。

我把音樂留在那兒了。

再見，不要悲傷。

恠05／獻給死者的音樂

原著書名／死者のための音楽
翻　譯／王華懋
原出版者／MEDIA FACTORY
作　者／山白朝子
編輯總監／劉麗真
責任編輯／詹凱婷
總 經 理／陳逸瑛
榮譽社長／詹宏志
發 行 人／涂玉雲
出 版 社／獨步文化
城邦文化事業股份有限公司
104台北市中山區民生東路二段141號5樓
電話：(02) 2500-7696　傳眞：(02) 2500-1967
發　　行／英屬蓋曼群島商家庭傳媒股份有限公司
城邦分公司
104 台北市中山區民生東路二段141號2樓
網址／www.cite.com.tw
讀者服務專線／(02) 2500-7718；2500-7719
服務時間／週一至週五：09：30～12：00　13：30～17：00
24小時傳眞服務／(02) 2500-1900；2500-1991
讀者服務信箱E-mail／service@readingclub.com.tw
劃撥帳號／19863813
戶名／書虫股份有限公司
香港發行所／城邦（香港）出版集團有限公司
香港灣仔駱克道193號1樓東超商業中心
電話／(852) 2508-6231　傳眞／(852) 2578-9337
E-mail／hkcite@biznetvigator.com
馬新發行所／城邦（馬新）出版集團
Cite (M) Sdn Bhd
41, Jalan Radin Anum, Bandar Baru Sri Petaling,
57000 Kuala Lumpur, Malaysia.
Tel: (603) 90578822
Fax:(603) 90576622
email:cite@cite.com.my
封面設計／高偉哲
印　刷／前進彩藝有限公司
排　版／游淑萍
●2013（民102）3月初版
●2023（民112）6月二版
售價320元

 ISBN 9786267226506

國家圖書館出版品預行編目資料

獻給死者的音樂／山白朝子著；王華懋譯．
–二版．–台北市：獨步文化，城邦文化出
版：家庭傳媒城邦分公司發行，民112.6
面；　公分．--（恠；5）
譯自：死者のための音楽
ISBN 9786267226506
861.57　　　　　　　　102001001

廣 告 回 函
北區郵政管理登記證
台北廣字第000791號
郵資已付，免貼郵票

104台北市民生東路二段 141 號 2 樓

英屬蓋曼群島商家庭傳媒股份有限公司

城邦分公司

請沿虛線對摺，謝謝！

書號：1UT005X　**書名**：獻給死者的音樂　**編碼**：

請於此處用膠水黏貼

讀者回函卡

謝謝您購買我們出版的書籍！

請費心填寫此回函卡，我們將不定期寄上城邦集團最新的出版訊息。

姓名：＿＿＿＿＿＿＿＿　性別：□男　□女

生日：西元＿＿＿＿年＿＿＿＿月＿＿＿＿日

地址：＿＿＿＿＿＿＿＿

聯絡電話：＿＿＿＿＿＿＿＿　傳真：＿＿＿＿＿＿＿＿

E-mail：＿＿＿＿＿＿＿＿

學歷：□ 1. 小學 □ 2. 國中 □ 3. 高中 □ 4. 大專 □ 5. 研究所以上

職業：□ 1. 學生 □ 2. 軍公教 □ 3. 服務 □ 4. 金融 □ 5. 製造 □ 6. 資訊
□ 7. 傳播 □ 8. 自由業 □ 9. 農漁牧 □ 10. 家管 □ 11. 退休
□ 12. 其他＿＿＿＿＿＿＿＿

您從何種方式得知本書消息？

□ 1. 書店 □ 2. 網路 □ 3. 報紙 □ 4. 雜誌 □ 5. 廣播 □ 6. 電視
□ 7. 親友推薦 □ 8. 其他＿＿＿＿＿＿＿＿

您通常以何種方式購書？

□ 1. 書店 □ 2. 網路 □ 3. 傳真訂購 □ 4. 郵局劃撥 □ 5. 其他

您喜歡閱讀哪些類別的書籍？

□ 1. 財經商業 □ 2. 自然科學 □ 3. 歷史 □ 4. 法律 □ 5. 文學
□ 6. 休閒旅遊 □ 7. 小說 □ 8. 人物傳記 □ 9. 生活、勵志 □ 10. 其他

對我們的建議：＿＿＿＿＿＿＿＿

為提供訂購、行銷、客戶管理或其他合於營業登記項目或章程所定業務需要之目的，家庭傳媒集團（即英屬蓋曼群島商家庭傳媒股份有限公司城邦分公司、城邦文化事業股份有限公司、書虫股份有限公司、墨刻出版股份有限公司、城邦原創股份有限公司），於本集團之營運期間及地區內，將以 mail、傳真、電話、簡訊、郵寄或其他公告方式利用您提供之資料（資料類別：C001、C002、C003、C011 等）。利用對象除本集團外，亦可能包括相關服務的協力機構。如您有依個資法第三條或其他需服務之處，得洽詢本公司服務信箱 cite_apexpress@cite.com.tw 請求協助。相關資料不提供亦不影響您的權益。

□我已詳讀權利義務之相關條款，並同意遵守。

請於此處用膠水黏貼